おやつ

〈菓子〉時代小説傑作選

中島久枝／知野みさき／篠 綾子
嶋津 輝／西條奈加
細谷正充 編

PHP
文芸文庫

○本表紙デザイン＋ロゴ＝川上成夫

おやつ〈菓子〉時代小説傑作選　目次

夢の酒

中島久枝

1

正月のにぎわいはとっくに過ぎて、風の音も聞こえない、静かな夜だった。

「うわっ」

夜中に突然、父の正吉《まさきち》が叫んだ。おみちはその声で飛び起きた。

「あんた、どうしたの」

暗闇の中で母の里《さと》の声がする。

「うん、いや、ちょっとな。夢を見たんだ」

正吉が答え、ごそごそと布団《ふとん》にくるまった気配《けはい》がした。

ここのところ毎晩、正吉は夢にうなされている。そのたび、おみちは目を覚ました。


おみちの家は浅草《あさくさ》の観音様《かんのんさま》の裏手にある菓子屋だ。店の奥であんこを炊《た》いて菓子をつくり、二階の二間で父の正吉、母の里、十一歳のおみち、七歳の昇太《しょうた》と五歳の勘助《かんすけ》が寝起きしている。二月の風は冷たくて、寒い夜が続くけれど、一家五人が一間でぎゅうぎゅうになって寝ているから温かい。

正吉は腕のいい職人で、おいしいあんこを炊く。正吉がつくるおはぎや饅頭《まんじゅう》は近所でも評判だ。たいてい昼過ぎには売り切れてしまう。

だが、正吉はめったに仕事をしない。頭が痛いとか、だるいと言って遅くまで寝ている。飲みに行って帰ってこないこともある。

だから、正吉の代わりに里があんこを炊く。里が炊いたあんこはその日によって豆が固かったり、汁気《しるけ》が多かったりする。里のあんこでつくるおはぎは、おみちの目から見てもおいしそうとは言えない。だから、あまり売れない。

正吉は里が炊いているのはあんこではなく、煮豆だという。

同じように小豆《あずき》を炊いて、やわらかくなったら砂糖を加えて煮るのだが、できあがりは全然違う。

あんこは菓子屋の命で、顔だ。大福《だいふく》や最中《もなか》、羊羹《ようかん》、煉《ね》り切りも、あんこがなければつくれない。煮豆は惣菜《そうざい》で、ふだんの暮らしの中にあるが、あんこは菓子だ。婚礼や引っ越しや、人の人生に寄り添って、節目を飾る特別な食べ物だという。

以前、おみちは正吉になぜ、あんこを炊かないのかたずねたことがある。正吉は答えた。——ふだんの日は退屈だ。自分は特別な日を生きる人になりたい。

「あんたのおとっつあんは毎晩、うなされているのか」

仲良しのおきみが一重《ひとえ》まぶたの細い目でおみちを見てたずねた。裁縫《さいほう》の稽古《けいこ》の帰り道のことだ。

一つ年上のおきみは近所の袋物屋の娘で、ふだんから番頭《ばんとう》や手代《てだい》や仕立物《したてもの》をする女たちの話を聞いているので、おみちよりずっと大人で、いろいろなことを知っている。

「そのあとは、よく眠っているのか？」

「眠れるときもあるし、そのあと、ずっと起きているときもあるみたい。一階で音がしているから」

おみちは答えた。母の里に似たふっくらとした頰《ほお》で、笑うとえくぼができる。

「それは気をつけた方がいいよ。気鬱《きうつ》の病《やまい》のはじまりなんだ。うちの職人でもいたんだよ。夜、眠れないって言ってるうちに、だんだんやせてきた。あんたのおとっつあんは、ちゃんとご飯を食べているのかい？」

「だいたいはね。でも、朝餉《あさげ》を食べないで昼まで寝ていることもあるよ」

「そんなことをしてたら、だめだよ」

おきみが強い調子で言った。

「だらだら寝るから夜、眠れなくなるんだ。そのうちに夜だか昼だか自分でも分からないようになって、いつもぼんやりしちまう。もちろん仕事なんかできない。うちにいた職人は寝たきりになっているらしいよ。嫁さんも子供もいるのに大変だよ」

「えーっ」

おみちは叫んだ。心の臓がきゅーと小さく、冷たくなった気がした。

「だいたい、あんたんちのおっかさんはのんきなんだよ」

おきみが決めつける。

「亭主《ていしゅ》が働かずにふらふら飲み歩いていても、借金つくっても平気な顔をしている、子供もいるのにさ」

おそらく、それはおきみの母親が言っていることなのだろう。

「おっかさんも、おとっつあんに怒るよ。喧嘩《けんか》になることもある」

「でも、結局、許しちまうんだろ。甘いんだよ」

そういうおきみの両親は甘いとか、甘くないとかいう段階をとっくに通り越して、今は十日前の饅頭のように冷たく、固く、ひびが入っている。ぱかりと割れる寸前だ。

「うなされるっていうのは、怖《こわ》い夢を見ているんだろうか。なんか、心当たりがあるかい？　人に恨《うら》まれるようなことをしたとか……」

「そんなことはないよ。おとっつあんはやさしい人だ。そりゃあ、働き者とは言えないかもしれないけど、嘘《うそ》をついたり、人をだましたりしない」

「うーん、困ったねぇ。とにかく、早くなんとかしないと。そうだ、いいことを教えてあげる。淡島《あわしま》さまの上《かみ》の句を言えば、ほかの人の夢の中に入れるんだよ」

淡島さまというのは和歌山《わかやま》に本山《ほんざん》がある神社で、安産や血の道の病に御利益《ごりやく》があるといわれている。

おきみは大きな声で唱《とな》えた。

「われたのむ 人の悩みの なごめずば 世にあはしまの 神といはれじ」

「その言葉を言えば、夢の中に入れるの？」

「もちろんだよ。それで、あんたのおとっつあんがなにを怖がっているのか分かる。そしたら助けてやれるじゃないか」

「あたしが助けるの？」

「だって、あんたは長女だろ。おとっつあんが寝たきりになっちまったら、どうするんだよ」

おきみは強い調子で言った。

あんこは炊かないけれど、正吉は最近、友達の仕事を手伝って、いくばくかの金を家に入れているらしい。その正吉が倒れたら、大変なことだ。


正吉はその日、めずらしく飲みに出かけず家にいた。家族で夕餉《ゆうげ》を食べるのは久しぶりなので、昇太も勘助もはしゃいでいる。いつもはおかずは、いわしの煮付け一品だけなのに、この日は煮奴《にやっこ》がついた。

里は煮物が得意ではなくて、この日のいわしもしょっぱくなってしまったが、食べ盛りの昇太はそんなことに関わりなく、ご飯をお替りしてもりもりと食べた。勘助も負けていない。おみちは好物の煮奴があったのでうれしかった。

「あら、もういいんですか」

里がたずねた。正吉の茶碗を見ると、ご飯が半分ほど残っている。

「うん。なんか、腹がいっぱいなんだ」

正吉は箸《はし》をおくと、ごろりと畳に横になった。

おみちが里を手伝って洗いものをすませ、部屋に戻って来ると、正吉はうとうとしていた。おみちは、正吉を揺り起こした。

「おとっつあん、だめだよ。こんな風に眠ったらいけないよ。うたたねするから眠りが浅くなって夢を見るんだよ」

「なんだよ。人がせっかく気持ちよく寝ているのに。しょうがねぇなぁ。それじゃあ、昇太、勘助、おとっちゃんと五目並《ごもくなら》べするか」

正吉が声をかけると、二人が声をあげて駆け寄ってきた。

そんな風に正吉が機嫌《きげん》よくしていたので、おみちは淡島さまの上の句を唱えるのを忘れてしまった。寝つきのいいおみちは、布団に入ると十数えないうちに眠ってしまうのだ。

次の日の朝、おみちが目を覚ますと、正吉はあんこを炊いていた。

「ほう、今朝《けさ》は正吉さんがあんこを炊いているのかぁ」

近所の長屋に住む大工《だいく》の金吉《かねきち》が店の奥をのぞいて言った。

「おかげさまで。もう少しで炊きあがります」

里が答えた。

「はは。これから仕事に行くんだから間に合わねぇよ。帰りまで残っていたらだな」

あんこというのは、前の日に炊くものだ。その方が味がなじむからだ。ともかく、正吉があんこを炊いただけで上出来である。熱いあんこをおみちと里がうちわであおいで冷まし、三人がかりでおはぎと饅頭、最中をつくった。

「へぇ、今日は正吉さんのあんこかぁ。皮がぴかぴか光っているよ。やっぱり違うねぇ」

やって来たお客が菓子をながめて、ため息をついた。

「あったりまえだよ。これが川上屋《かわかみや》のあんこなんだよ」

正吉は胸を張る。里もうれしそうだ。

ほとんどの菓子が夕方までには売り切れて、金吉は最後に残った饅頭を大事そうに抱えて帰っていった。

けれど、それも一日のことで、翌日はまた、正吉はごろごろしてあんこを炊かなかった。友達の丈太郎《じょうたろう》の仕事を手伝いに行くと言って出かけて、そのまま夜になっても戻って来なかった。

今晩こそは、正吉の夢に入らなくてはだめだ。

おみちは布団に入るとすぐ、淡島さまの上の句を唱えた。

「われたのむ 人の悩みの なごめずば 世にあはしまの 神といはれじ」

三べん唱え終わったときには、寝つきのいいおみちは眠ってしまった。

おみちは里と昇太と勘助と四人で粥《かゆ》を食べている。

お椀《わん》を箸でかき混ぜると、ゆらゆらと大根の葉と一緒にご飯粒が浮かんできた。粥というより、ご飯を入れたすまし汁だ。

「これじゃあ、お腹がいっぱいにならないよ」

勘助が泣きべそをかいた。

「しょうがないだろう。おとっちゃんが病気なんだから。うちにはお金がないんだよ」

昇太がたしなめる。

「ごめんね。もう少し、おかっちゃんが頑張ればいいんだけどね」

里が悲しそうな声で答えた。

え、なんだ。どうしたんだ。

これは夢か。

おみちは仕事場の方を振り返った。たくさんあった鍋や釜がなくなってがらんとしている。四人の着物はつぎはぎだらけで、顔も汚れてみじめな様子だ。

そうだ。夢だ。夢を見ているんだ。本当のことじゃない。

でも、だれの夢だ？　正吉の夢に入るのではなかったのか？

その時、おっかさんの顔が突然、おきみに変わった。

「なに言ってんだよ。これは本当のことだよ。あんたのおとっつあんは病気なんだよ」

「違うよ。おとっつあんは病気なんかじゃない」

「病気だよ。一家の大黒柱《だいこくばしら》が仕事もしないで遊び歩いているんだから」

「ちがうよ。ちゃんと働いているよ。丈太郎さんを手伝っているんだよ」

「菓子屋なんだろ。あんこを炊いて菓子をつくるのが仕事なんだよ」

いいんだよ。いいんだ。それでいいんだ。

なんにも知らないくせに、おとっつあんのことを悪く言うな。

叫んだつもりが「わぁー」という声にしかならなかった。

おみちは自分の声で目が覚めた。

「どうしたの？　怖い夢でも見たの？」

里が背中をなでてくれた。

「おとっつあんは？」

「うん……。出かけてね、まだ、戻って来ていないんだよ」

薄明りにすやすやと気持ちよさそうに眠る昇太と勘助が見えた。正吉の布団はきれいなままだ。

おみちは胸が痛くなった。同時に、自分は長女なのだという気持ちがむくむくと生まれた。

「おっかさん、あたし、これからもっとたくさん家の手伝いをするから。一緒に菓子をつくろう。菓子を売ってお金をかせごう」

「あんたは、そんなこと、心配しなくていいんだよ」

「ううん。あたしは昇太や勘助とは違う。もう大きいんだ」

はっきりとした声で言った。

2

川上屋というのが、おみちの家の屋号《やごう》である。

両国《りょうごく》の菓子屋で修業したおみちのひいおじいさんが浅草で始めた店だ。最初は小さな店だったが、おじいさんも働くようになって店はよく流行《はや》り、仲見世《なかみせ》に近い場所に引っ越した。そのころは職人が何人もいて、最中や羊羹だけでなく、季節の上生菓子《じようなまがし》や京風の干菓子《ひがし》もたくさんつくっていたそうだ。

　桜やあじさいやかえでを模した色とりどりの菓子は芸者さんのお気に入りで、上等の砂糖でつくった干菓子は風流なお茶人さんが買って行った。お寺さんには最中や羊羹を納めていた。そのころは、小豆だけでなく、白いんげん豆やうぐいす豆、山芋なども使ってあんこを炊いたから、あんこだけで二十種類以上もあったそうだ。

　正吉は菓子作りをひいおじいさんにみっちり仕込まれ、その技を身につけた。三代目となって店を盛り立てるはずだった。

　けれど、ひいおじいさんもおじいさんも亡くなって、その後、いろいろなことがあって職人たちも次々と去り、観音裏と呼ばれる今の場所に引っ越して来たのだそうだ。

　――昔の川上屋さんはね、桔梗《ききよう》の花を白く抜いた藍《あい》ののれんが目印でね、いつもお客さんがいっぱいで、それはにぎやかだったのよ。

　そんなことを教えてくれたのは、だれだっただろう。

　おみちが物心ついたころには、今の小さな店にいて、正吉はあんこを炊いたり、炊かなかったりしていた。

「いろいろなこと」というのは、なにを指すのかおみちは知らない。

次の日、おみちはいつも以上に里を手伝い、おはぎをつくったけれどあまり売れなかった。おみちの目から見ても、それはおいしそうでなかった。

小豆は煮すぎて皮がやぶれ、にぶい色をしていた。

やはり、あんこというより煮豆だ。いや、角の煮売り屋で売っている煮豆だって、もう少し器量良しだ。

昼過ぎ、おきみが来た。

「あんた、今日、お裁縫を休んだじゃないか。どうしたんだよ」

「おっかさんの手伝いをして忙しかったんだ」

「月々のものを払っているんだから、休んだらもったいないよ」

おきみはおきみの母親とそっくりな顔で言った。

「それで淡島さまの上の句は唱えてみた？　どうだった？」

「うまくいかなかったよ。嫌な夢を見ちゃったよ」

正吉が病気になって家族がひもじい思いをしていたことを話した。夢におきみが出て来たことはしゃべらなかった。

「そうかぁ、きかなかったか。やっぱり、落語の話だからなぁ、だめだったか」

「落語なの？　私はもっと真剣な話かと思ったよ」

おみちは呆《あき》れておきみの顔を見つめた。

「そういう話があるんだよ。おっかさんに連れられていった落語会で聞いたんだ」

おきみの言う落語会は、寄席《よせ》でやるものとは違う。料理屋の二階でお客は一人か二人。落語家が一席か二席弁じて、そのあとは料理と酒で、落語家が踊ったり唄《うた》ったりする。

最初、おきみの母親は芸者《げいしゃ》遊びをする亭主へのあてつけで、その手の落語会に行ったそうだ。ところが若手の落語家にちやほやされて、すっかり楽しくなってしまった。

「三楽亭千鳥《さんらくていちどり》っていうのと椿屋小春《つばきやこはる》ってのが贔屓《ひいき》なんだ。小遣いをやったり、羽織《はおり》をつくってやったりしている。でもまぁ、おっかさんの気持ちとしては、これはあくまで落語会で、浮気《うわき》じゃないんだってことにしておきたいんだろうね。だから、時々、あたしを連れて行くんだよ。おっかさんもたまに、そうやって憂《う》さを晴らすから、おとっつあんと本気のぶつかり合いにならないんだ」

おきみは突き放した言い方をした。

例の淡島さまの上の句が出て来るのは「夢の酒」という噺《はなし》である。

梅雨《つゆ》の昼間、うたたねをしている若旦那《わかだんな》がにやにやしている。女房が起こしてどんな夢かたずねると、向島《むこうじま》で夕立にあって雨宿りしていると、美人のご新造に声をかけられた。勧《すす》められるままに家にあがり、酒を飲むが、酒に弱い若旦那は頭が痛くなり、離れの四畳半の床《とこ》に入る。介抱《かいほう》されて気分がよくなると、今度はご新造さんが気分が悪くなったといって、長じゅばん姿ですーっと入ってきて……。

「なにそれ。あんた、そんな話をおっかさんと一緒に聞いているの？」

おみちは目を丸くした。

「いいじゃないか、別に。ただの噺だよ。……それでさ、女房が焼きもちを妬《や》いて、大旦那に若旦那の夢の中に入ってご新造を叱って欲しいと駄々《だだ》をこねるんだ」

女房は淡島さまの上の句を唱えると、夢に入れると言い出す。

「なんだぁ。落語の話かぁ。それじゃあ、うまくいくわけないよ」

おみちはがっかりした。

正吉の夢のことはひとまずおくとして、なんとか店をまわしていくことを考えないといけない。そうでないと、おみちの夢が正夢《まさゆめ》になってしまう。

仕事場で鍋を洗っていた里におみちは言った。

「二人で新しい菓子を考えようよ」

「そんなことを言ったって、あたしができるのは最中とおはぎくらいだよ」

「うーん、たとえば最中の皮の形を変えてみるのはどうだろ。丸い最中じゃなくて、浅草観音だから五重の塔とかできないかなぁ」

最中の皮は店で焼くのではなく、「たねや」から仕入れている。

ちょうどやって来た、たねやの手代に相談した。

「『ありもの』でいいかい」

手代といっても四十過ぎで、仲見世にあった先《せん》の川上屋からのつきあいだから、店の事情をよく知っている。

新しく型をつくると金がかかるが、店に「あるもの」を使うのだったら安くできるというのだ。

「どんなものがあるんですか」

里がたずねた。

「うさぎがあるかぁ。あ、でも、これは巣鴨《すがも》の店で使っているからなぁ」

菊の花の形、虎の字を入れたもの、さまざまあるが、それらはすでにどこかの店で使われている。

「蛙《かえる》だったらあるよ」

「蛙？」

おみちは声をあげた。蛙の最中を食べたいと思う人がいるだろうか。

「無事蛙って縁起《えんぎ》もんだよ。おう、そうだ、たぬきがあった。愛嬌《あいきよう》のある顔をしているよ。大きく見えるけど、あんこはそれほど入らない」

試《ため》しにたぬきの最中皮を二十個ほど仕入れ、翌日、店に並べた。

大工の金吉がそれを見て気の毒そうな顔になった。

「あのさぁ、一度言おうと思っていたんだけどさ。最中ってぇのは、うまいあんこを食べるための菓子なんだよ。ぱりっとした皮の中に、甘くてやわらかくて、上手《じよう》に炊《ず》けたあんこが入っているからいいんだ。あんたんとこみたいに水っぽかったり、固かったりするあんこをごまかすために皮があるんじゃねぇんだよ」

「あいすみません」

里は頰を染めた。

後ろで聞いていたおみちもがっかりした。

買い物に出た里の代わりに店番をしていると、おきみがやって来た。

「あんた、また、裁縫を休んだね」

「新しい最中をつくるんで忙しかったんだよ」

「これのことか？」

たぬきの最中は大半が売れ残っている。時間が経って皮がしとった最中のたぬきは悲し気な顔をしていた。

「あんこにこだわるからだめなんだよ」

おきみは断言した。

「だって菓子屋の命はあんこだよ。あんこを売るのが菓子屋だ」

「そのあんこを炊く人がいないんだろ」

おきみは核心を突く。

「あのさ、うちは袋物屋を名乗っているけど、いろんなもんをつくっているよ。煙草《タバコ》を入れる革の筒とか、髪飾りとか、猫の首輪とか。猫の首輪は鈴がついているんだ。だからさ、あんたのところも、あんこにこだわらないで、自分たちでできるもんを考えなよ」

里も同じことを考えていたらしく、さつまいもを買ってきた。

「小豆の代わりに、さつまいもを煮てみようかと思って」

「煮るんだったら焼いた方がいいよ」

「そうだね」

案外あっさりと里は同意した。

翌朝、さつまいもを薄く切ってこめ油を敷いた鉄板の上でこんがり焼いて、砂糖をふった。ちょっと塩を加えると、もっとおいしくなった。

「こんなもの、売れるかねぇ」

里は心配したけれど、大工や左官《さかん》や天秤棒《てんびんぼう》をかついだ振《ふ》り売《う》りたちが買っていった。さつまいもは腹にたまるし、甘くてしょっぱいのがよかったらしい。

その後、さつまいもをもっとたくさん買ってきて、太いの、細いの、薄切り、厚切りといろいろつくってみた。大きくて厚みがあるのは、途中でひっくり返さなくてはならないが、外はかりっとして中はやわらかい。

小さくて薄い物はへらでざらざらとかき混ぜながら焼くと、かりっと仕上がる。

午前中は厚みがある方が人気があって、夕方になるとおやつや酒の肴《さかな》になる薄い方が売れた。

「おお、いい物を見つけたねぇ。これなら、安心して食べられるよ」

金吉にもほめてもらえた。

それから毎日、おみちは朝一番に里と一緒にさつまいもを切り、それから裁縫の稽古に行った。戻ると、また切って焼いた。昇太は芋を洗うのを手伝い、小さな勘助まで芋を抱えて運んだ。

正吉はうなされなくなったけれど、早起きして里やおみちを手伝おうとはしなかった。丈太郎の仕事が忙しいからと、朝餉を食べるとそそくさと出ていき、帰りも遅かった。酒を飲んで帰ってくることも多くなった。

その晩、夕餉にあじが出た。ずっといわしが続いていたから、あじは久しぶりだ。

「わぁ、お魚が大きい」

昇太が喜んだ。

けれど、正吉はあじを見た途端《とたん》、不機嫌な様子になった。

「なんだ、いもを売って金が入ったから、いわしがあじになったのか。川上屋は菓子屋だ。いも屋じゃねんだ」

めったに怒らない里の目が三角になった。

「いもを売ってなにが悪いんですか？　おみちゃ昇太や勘助が手伝ってくれたんですよ。お客さんもおいしいって言ってくれました」

「なんだとぉ。まるで俺が働いてねぇような口ぶりじゃねぇか。いつから、おめぇはそんなに偉くなったんだ」

正吉の額《ひたい》に青筋が浮かんだ。

まずい。本気で怒っている。

おみちが思ったとき、勘助が叫んだ。

「おかっちゃんをいじめるな。おかっちゃんを怒るなら、おいらを怒れ」

昇太も声をあげた。

「おかっちゃんは、おいらたちのためにさつまいもの菓子をつくっているんだ。そんなことを言うなら、おとっちゃんがあんこを炊けばいいんだ。おとっちゃんはおいしい菓子がつくれるのにつくらないから、みんなが困っているんだ」

おみちは自分が思っていたことを、昇太と勘助が言ったことに驚いた。小さな弟たちも分かっていたのだ。

「昇太、勘助、おとっちゃんに向かってそんな口をきいてはいけない」

里が鋭《するど》い声をあげた。

正吉はぷいと立ち上がると、出て行った。

「待って、おとっつあん、待って」

おみちは正吉を追いかけたけれど見失った。その晩、正吉は戻って来なかった。

3

「あんたんち、昨夜、大きな声がしていたけど、なにかあった？」

裁縫の稽古の帰り道、おきみがたずねた。

「おとっつあんは、あたしたちがさつまいもの菓子をつくったことが気に入らなかったんだ。うちは菓子屋だ、いも屋じゃねぇって怒った」

「そっかぁ、まぁ、そうかもしれないねぇ」

「おとっつあんがあんこを炊けばなんてこともないのに、どうして、仕事をしないんだろうね。それでもって、いもを売ったからってあんなに怒ることはないよ。変だよ」

言わないつもりだったが、つい愚痴《ぐち》ってしまった。

「あんた、本当に知らないの？」

おきみがおみちの顔をのぞきこんだ。

「なにを？」

「だからさぁ、あんたんとこの、おとっつあんが仕事をしなくなった訳だよ」

「訳があるの？」

　おみちはおきみの顔を見た。

「あるさ。大ありだよ。あんた、聞いてないのか」

　おきみの一重まぶたの奥の細い目がきらりと光った。

「もともと、あんたのおっかさんは川上屋の職人と一緒になるはずだったんだ。腕のいい一番の職人で、おとっつあんとも仲良しだった。でも、あんたのおとっつあんがおっかさんに惚《ほ》れて、取っちまった。かわいそうに、その職人は店を出て行った。あんたのおとっつあんは親友を裏切った。それで、自分を責めた。傷ついた。菓子がつくれなくなったんだ。すべては、あんたのおっかさんが原因なんだよ」

「そんなの嘘だよ」

「このあたりの人はみんな知っているよ。知らないのは、あんただけだ。それで、立派な川上屋を手放すことになった。もったいないことをしたって、世間の人は思っている」

「違うよ。違うよ」

　おみちは声をあげた。

　正吉があんこを炊かなくなったのは、里のせいだというのか。

もちろん、正吉は多少いい加減なところがあるけれど嘘をついたり、だましたり、人を陥《おとしい》れたりしない。里はおとなしく見えるけれど、芯《しん》は頑固《がんこ》で浮ついたところは少しもない。それにはっきり言って、人がふりかえるような美人じゃない。色白の丸顔で頬がふっくらとして笑うと目がかまぼこみたいになって、そこがいいと正吉はほめるけれど、それは正吉だから言うのだ。

顔立ちがいいのは正吉の方だ。鼻がすっとまっすぐで、筆で描いたような眉《まゆ》で、切れ長の形のいい目をしている。

おみちが急に黙ってしまったので、おきみは気の毒そうな顔になった。

「うちの両親は仲が悪いけど、それでもなんとか折り合いをつけてうまくやっている。あんたんちの両親は仲がいいから、逆に落としどころが見つからないんだ。だから傷つけあってしまうんだ」

おみちは膝《ひざ》ががくがくしてきた。

世界が一瞬で色を変えるということは、本当にあるのだ。

おみちが今まで見ていた世界は、多少の波風があるにしても温かく、穏《おだ》やかで、たとえていえば、やわらかな布団にくるまれたような世界だった。けれど、今、目の前にあるのはもっと複雑で生々《なまなま》しく、激しいものだった。

「その出ていった人はどうしちゃったの？　今、どこにいるの？」

「さぁ、どこにいるんだろうねぇ。その人のことは聞いたことがないよ」

　おきみは答えた。


　店に戻ると、里がさつまいもを切っていた。

「ああ、お帰り」

　昨夜のことなど忘れたように、いつもの調子で言った。おみちは二階の様子をうかがったけれど、正吉が戻って来た気配はない。

「荷物を置いたら切るのを手伝ってくれる？　そろそろ、午後のお客さんが来る時刻だから」

「うん、分かった」

　おみちは里の隣に並んでさつまいもを切った。固いさつまいもを薄く切るのは力がいる。包丁がよく研《と》いであるから、気を抜くと指を切りそうで怖い。

　おみちは余計《よけい》なことを考えないようにして、一心にさつまいもを切った。

　薄切りにしたさつまいもを水にさらし、熱い鉄板の上で焼く。こめ油だけれど、このごろは仕上げにごま油を足す。そうすると、香りがいいのだ。へらで混ぜると、さつまいもはざらざらと景気のいい音を立てた。さつまいもに残っていた水がはねて、ぱちぱちと音を立てる。

まるで、だれかが喧嘩しているみたいに。

薄黄色のさつまいもがだんだん薄茶に染まり、表面がふくらんでくるのが分かる。砂糖をふって、塩もふって、ごま油を足す。

じゅうっと音を立てて香りが立ちあがった。

おみちのお腹がぐうっと鳴った。

「おいしい、おいしい、さつまいもぉ」

大きな声で歌った。

「焼き立てのさつまいもぉ、買わないと損しちゃうよぉ」

でたらめな唄を歌った。

里も一緒になって歌った。

「おいしい、おいしい、さつまいもぉ」

外で遊んでいた昇太と勘助も戻って来て、唄に加わった。

「焼き立てのさつまいもぉ、買わないと損しちゃうよぉ」

「おお、でっかい声だなぁ。表の向こうまで響いていたぞ」

金吉が来て、さつまいもを買っていった。それからもお客が次々に来て、店は大忙しだった。

夕方になって、さつまいもも売り切ったころ、おみちは買い物に出かけた。

この時間になると、野菜も魚も安くなる。少ししおれた青菜も水につければぴんとするし、足の速いいわしはおまけをしてもらえる。角がくずれた豆腐《とうふ》や煮売り屋の残りものなど、見切り品を上手に見つけるのが、おみちはうまい。

あれこれ買って家に向かっていると、向こうからすらりとした正吉の姿が見えた。粋《いき》な町人髷《まげ》に細い縞《しま》の着物がよく似合っている。

「おとっつあん」

声をかけると、うれしそうに顔がほころんだ。昨日のことなど忘れたような、気持ちのいい笑顔だった。

「ずいぶん、たくさん買ったなぁ。重いだろう。おとっつあんに貸しなさい」

かごを持ってくれた。

「全部、今晩のおかずだよ。このごろ、昇太も勘助もよく食べるから、大変なんだ」

「そうだなぁ。昇太は背がのびたし、勘助も重たくなった」

ふふと笑っておみちを見た。

「おみちはますますお里に似て、べっぴんさんになったよ。おとっつあんの自慢だ。おみちだけじゃなくて、昇太も勘助もだ」

正吉は白い歯を見せた。その様子は嘘がなくて、心からそう思っていることが分かった。

そんなに家族が大事なら、あんこを炊いてくれればいいのに。おとっつあんがあんこを炊けば、心配なことなどひとつもないのに。

おみちはそう思わずにはいられない。

「今日もおとっつあんは忙しかったぞ。丈太郎が地本問屋《じほんどいや》を始めたんだ。それを手伝っているんだ。戯作者《げさくしゃ》に話を書かせて、それに絵をつけて版木《はんぎ》に彫《ほ》らせて、紙に刷って本にするんだ。面白《おもしろ》いだろう」

「……うん、そうだね。おとっつあんは前からそういう仕事がしたかったの？」

「興味《きょうみ》はあったよ」

西の空が赤く染まっている。おみちは思い切ってたずねた。

「……あんこ炊くよりも？」

沈黙があった。

「どうして、あんこを炊かなくなってしまったの？」

「……菓子屋の仕事はあんこを炊くだけじゃないよ。あんこを炊いて、それを菓子にするんだ。栗蒸《くりむ》し羊羹に桜餅、浮島《うきしま》、夏なら葛《くず》饅頭。生菓子をつくるときの煉り切りもあんこだよ。煉り切りは上品できれいな菓子の花だ。今の季節なら梅に椿《つばき》、うぐいす、松の雪、それから……」

「おとっつあんが親友を裏切ったっていうのは本当？　それで菓子をつくらなくなってしまったの？」

正吉の足が止まった。

「このごろ、夢を見てうなされているのは、そのせいなの？」

「だれがそんなことを言った」

「……だれも。あたしが勝手にそうじゃないかと思った」

正吉は背を向けた。そのまま、どこかに行ってしまうかと思ったけれど、正吉は立っていた。おみちが預けた野菜や魚の入ったかごを手に、背中を丸めて自分の足元を見つめている。黒い影ができていて、冷たい風が足元を吹き抜けていく。

正吉はぽつりと語った。

「浅草といっても上野に近い方の坂の上にお屋敷があったんだ。そこにお里がいた」

「……お屋敷で働いていたの？」

「いや。お里はお屋敷の娘さんだった。ずいぶん後になって、お里はお母さんが違うから家族のうちには入らなくて、女中のように働かされているってことを聞いた」

正吉は顔を上げた。それから堰《せき》を切ったように語りだした。それは娘に語るというより、勝手に思いが溢《あふ》れてくるような感じだった。

「川上屋の若い職人で浅次郎《あさじろう》という男がいた。無駄口《むだぐち》をきかない、まじめでよく働く男だった。俺とは年が近いせいもあって、仲が良かった。浅次郎はある日、そのお屋敷に羊羹を届けてお里に会った。好きになったんだ」

届け物は手の空《す》いた職人がすることになっていた。

お屋敷の注文も毎日あるわけではないし、そのたび、浅次郎が届けるわけではないから、浅次郎が里に会うのは月に一度か二度。それでも、里と浅次郎は少しずつ話をするようになったらしい。

「浅次郎が俺に文《ふみ》を書いてくれと言ったんだ。自分は字も下手《へた》だし、なにを書いていいのか分からないからって。俺は浅次郎の代わりに文を書いた。桜が咲きましたとか、葛菓子の季節ですねとか、たわいのないことだ。そのうちに、お里から返事が来るようになった。その文を見ながら、二人で相談して返事を書いた」

浅次郎が里を見初《みそ》めてから、三年が過ぎていた。

「そろそろ嫁入りの話が出てもいいころなのに、お里は女中と一緒に働いていた。そんな風に一生、お屋敷に使われるんだろうなってことが、だんだん俺と浅次郎にも分かって来た。浅次郎は言ったんだ」

──俺はお里さんを助けてあげたい。お屋敷の人たちは、お里さんをあの家に縛《しば》り付けて、只《ただ》働きさせたいんだ。

「それまで浅次郎は、二人のこれからを考えていなかった。ただ、お里が好きで、想っているだけだった。だけど、『助けたい』と口にした途端、それは浅次郎の決意になった。浅次郎はお里を嫁にしたいと言い、俺も助けると言った」

そんな折、浅次郎は足をけがして、届け物ができなくなった。

代わりに、正吉がお屋敷に行った。

「はじめてお里に会った。浅次郎の……正確に言えば、俺が書いた文を渡した。お里の白い頬が染まった。笑うと細い目がもっと細くなって三日月《みかづき》になった。その時、俺は気がついた。俺は浅次郎の代わりに文を書いているうちにお里を好きになっていたんだ」

「だけど、浅次郎さんはおとっつあんの友達で、浅次郎さんはずっとおっかさんのことが好きだったんでしょ。そんなの、いけないよ」

　おみちは声をあげた。

「そうだな。いけないんだよ。思ってもいけないし、言葉に出したらもっとだめだ。だから、俺はひどい奴なんだ。ひどいことをしたんだよ。だけど、しょうがないんだよ。人を好きになるってことは、そういうことなんだ。特別なことなんだよ。普通のことじゃないんだ」

　――あんこっていうのはさ、特別な日のためのものなんだ。そんで、おとっちゃんはさ、その特別な日を生きていたいんだ。

　いつか、正吉はおみちにそう言ったことがある。

　正吉は里を好きだという気持ちを抑えられなかった。一緒になりたいという気持ちに抗《あらが》えなかった。

「俺はお里に好きだと言った。お里は驚いていたけれど、俺のことを好きだと言ってくれた。浅次郎はそんな俺たちを許すと言った。本当は許すことなどできないはずなのに。浅次郎が去って、おやじとおふくろを説得し、お屋敷にお里とのことを頼みに行った。間に人を立ててきちんと手順を踏んだのに、お屋敷の人たちは怒った。菓子屋風情《ふぜい》が無礼だと。お里を女中扱いしてきたのにさ」

正吉と浅次郎について悪い噂《うわさ》が流れ、古いつきあいのある浅草寺《せんそうじ》に出入りを断られた。両親が相次いで亡くなり、職人も一人去り、二人去り、仲見世に近いところの大きな店を引き払い、観音裏に移った。そのあと、里はお屋敷を出ることができて、正吉と一緒になった。

「前にも言っただろう。日々の暮らしは惣菜である煮豆のようなものだって。だから、俺はちゃんと地に足のついた煮豆みたいな幸せを大事にしなくちゃいけないんだ。だけど、俺は踏み出してしまったから。浅次郎やおやじやおふくろや、店の人たち、それからお里も。いろんな人を傷つけて、迷惑をかけて、苦しい思いをさせた。だから、許されちゃいけないんだ」

「だから、おとっつあんは、あんこが炊けなくなってしまったの？　いつか許される日が来たら、あんこが炊けるようになるの？」

「どうだろうな。俺は俺が許せないんだよ」

正吉は小さな声でつぶやいた。日が落ちて正吉の顔に暗い影ができていた。

「あたしはおとっつあんの炊くあんこが好きだよ。昇太も勘助もおっかさんも、近所の人もみんな楽しみにしているよ」

　おみちは明るい声で言った。

　正吉の顔がくしゃくしゃくしゃっと泣き笑いのようになった。

「お腹空《す》いたね」

　おみちが言った。

「そうだなぁ。買い物の帰りをみんなが待っているな」

　いつもの調子で正吉が答えた。

「おきみちゃんがね、だれかの夢の中に入れるおまじないを教えてくれんだ。淡島さまの上の句だって」

「われたのむ 人の悩みの なごめずば 世にあはしまの 神といはれじ」

　おみちは大きな声で唱えた。

「そりゃあ、落語の話だろう。『夢の酒』だ。おきみちゃんは、色っぽい話を知っているんだなぁ」

「だから、あたしは寝る前に淡島さまの上の句を唱えてみたんだ。だけど、だれの夢にも入れなかった。自分は自分なんだね。だれかの代わりにはなれないんだよ」

「はは。そうだなぁ。おみちは賢いなぁ」

正吉は声をあげて笑った。空には明るい星がまたたいている。おみちは続けた。

「あたしはおとっつあんが好きだよ。それはおとっつあんが、おとっつあんだからだ。あんこを炊いても、炊かなくても、おとっつあんはあたしたちのおとっつあんだよ。おっかさんも昇太も勘助も、きっとそう思っているよ」

「うれしいなぁ。おとっつあんも、そう言ってくれるみんなのことが大好きだよ」

正吉が答えた。

家につくと、里たちが待っていた。

「遅くなってごめんなさい。途中でおとっつあんに会って、荷物を持ってもらったんだ」

おみちが言うと、里は笑みを浮かべた。

「二人とも寒かったでしょう。さあ、白湯《さゆ》を飲んで。体が温まるわよ」

里が湯呑みを渡してくれた。二人は台所の隅で白湯を飲んだ。

「いや、冷やでもよかった」

正吉はそう答えると、おみちの方を見て、にやりと笑った。

それは落語「夢の酒」の落ちだ。

淡島さまの上の句を唱えて若旦那の夢の中に入った大旦那は、ご新造に会い、家にあがって酒を勧められる。あいにく火を落としてしまっていたので、なかなか酒の燗《かん》がつかない。

ご新造は燗がつくまでの間、冷やをと差し出すが、大旦那は冷や酒でしくじっているので手を出さない。

「燗がつくまで冷やで……」「冷やはいけません」とやりとりをしていると、揺り起こされた。

大旦那が言う。

——うーん、惜《お》しいことをしたな。冷やでもよかったのに。

おみちが笑うと、正吉が言った。

「俺がうなされているのを心配して夢の中に入ろうと思ったのか？　ありがとうな」

正吉はやさしい目をしていた。おみちは小さくうなずいた。胸の奥が熱くなった。それは白湯の温かさだけではない。正吉と里の娘でよかったと思った。

如月《きさらぎ》の恋桜《こいざくら》

知野みさき

一

小正月が過ぎて数日経った睦月《むつき》の夕刻。

七ツの鐘を聞いてから、孝次郎はかまどの火を落とした。

板場の片付けを始めると、見計らったように光太郎が現れて、猫撫《な》で声で孝次郎を呼んだ。

「なぁ、孝次郎よぅ」

何か頼みごとに違いない──と、孝次郎は気構えた。

「なんでぇ?」

「そろそろ何か、新しい菓子を作ってみねぇか?」

「新しい菓子?」

「あと二十日もすりゃあ花見が始まる。なのにうちの菓子は茶色に、白、黒、と華がねぇ。もうちっとこう、春らしい、華やかな菓子を売ろうじゃねぇか……」

光太郎は役者顔負けの色男だ。

元根付師だけに手だけは職人らしいが、そこがまた「世間知らずのぼんぼんよりいい」と、女たちには人気らしい。そんな光太郎が上目使いに頼み込んでいるのだから、そこらの女ならひとたまりもないだろう。

だがあいにく孝次郎は男で弟だった。

じろりと兄を見やって孝次郎は問うた。

「兄貴のいう華やかな菓子ってのはなんなんだ？」

「そりゃおめぇ、それこそ花が咲いたような菓子のことさ。ほら、花見の茶会なんかでよくあんだろう？　抹茶に映える桃色の練切《ねりきり》なんてどうでぇ？」

桜餅くらいなら……と思ったが、どうやら光太郎が考えているのは上菓子《じょうがし》らしい。

莫迦莫迦《ばかばか》しくなって、孝次郎はふんと一つ鼻を鳴らした。

「あのな、兄貴」

「おう」

「茶会に出すような上菓子なんざ、この深川じゃあ売れねぇよ。それにここの板場は俺一人で回してんだ。練切にかける手間も暇もねぇんだよ」

「でもよぅ、孝次郎」

「でもも糸瓜《へちま》もねぇ」

「そうつれねぇこと言うなよ、こうの字」

「しつけぇぞ」

孝次郎がきっぱり言い放つと、光太郎は不満げに口を尖《とが》らせた。

「……仕方がねぇな」

「おう」

判ってくれたならそれでいい——と、孝次郎が頷いたのも束の間、光太郎はふふんと不敵な笑みを漏らした。

「お前がそこまで言うなら、俺ぁこれから、客と助っ人を探して来る」

「え?」

「善は急げだ。よし、火は落ちてるな。店を頼んだぜ、孝次郎」

「おい、兄貴——」

「さ、早く表へ出ろ。片付けは俺が後で手伝ってやらぁ」

孝次郎が止める間もなく、くるりと華麗に身を返して、光太郎は暖簾《のれん》の向こうに姿を消した。

二

まったく兄貴はよぅ……

呆れ、諦めた孝次郎が店先に出て半刻が経った頃、見覚えのある姿が近付いて来て孝次郎は慌《あわ》てた。

元吉原《よしわら》遊女で、今は三味線の師匠をしている暁音《あかね》である。

年が明けてからも、暁音は四、五日に一度は二幸堂《にこうどう》を訪れていた。とはいえ、板場にいる孝次郎はその声を聞くだけで、面と向かって会うのは大晦日《おおみそか》以来だった。

「あら、孝次郎さん、こんにちは」

「あ……暁音さん、いらっしゃい……」

ぎこちなく応えた孝次郎へ、暁音は温かい笑みをこぼした。

「よかった。まだお菓子が残ってて。味噌饅頭と斑雪《はだれゆき》を二つずつお願い」

斑雪、と暁音が口にすると、まるで己《おのれ》が呼ばれたような気になって、ついどぎまぎしてしまう。

「味噌饅頭と……斑雪を二つずつですね」

うつむいて袋に菓子を詰めると、暁音が代金をきっかり差し出す。

「ありがとうございます」

世間話一つできぬ己に落胆していると、袋を受け取ってから暁音が問うた。

「光太郎さんはまた、親分のところへお届け物かしら？」

「あ、いや、今日は……なんでも、客と助っ人を探して来ると……」

「お客と助っ人？」

小首をかしげた暁音が、面白そうに孝次郎を見つめる。

「その……新しい菓子を――板場は俺一人なんで、練切は売れねぇし、その」

支離滅裂《しりめつれつ》なのは判っている。だが三十路《みそじ》を過ぎて、八年前とはまた一味違った色気を醸《かも》し出している暁音を前に、孝次郎は言葉に詰まるばかりである。

暁音は一瞬きょとんとしたが、すぐに合点したように頷いた。

「つまり光太郎さんは、練切を買ってくれそうな上客と、板場の助っ人を探しに出かけたのね？」

「そう――そうなんで」

暁音は孝次郎が昔、廓《くるわ》で一夜を共にした男だと知っている。

孝次郎が暁音を紅音《べにお》だと気付いたことも知っている――筈であった。

大晦日に暁音が己の作った菓子を「斑雪」と名付けた時には、もしや暁音にとってもあの夜は思い出深かったのだろうかと、そこはかとない期待を抱いたものだ。

だがこうして二人きりで話していても、暁音の声音《こわね》は光太郎と話している時と変わらない。うろたえているのは孝次郎だけで、暁音の方は至ってのどやかである。

廓を出て数十年という老婆ならともかく、八年ではまだ、遊女も客も互いを覚えていることが多かろう。往来《おうらい》で下手に出会っては気まずいのではないかと孝次郎は思うのだが、それは己が女や花街《かがい》に慣れていないせいかもしれない。

自身を「吉原出」だと、口にしてはばからない暁音だった。

そんな暁音にとって己は数多《あまた》いた一見客《いちげんきゃく》に過ぎず、気負うことも羞恥《しゅうち》を覚えることもないのだろう――

「光太郎さん、今日中に戻ってくるかしら?」

「さあ、それはなんとも……」

後で片付けを手伝うとは言っていたが、光太郎のことだ。出先で何か面白いことを見つけるなり、誰かに誘われるなりすれば、片付けなどすぐに忘れて、明日まで戻らぬことも充分ありうる。

暁音が二度も光太郎のことを問うたものだから、孝次郎は勘繰《かんぐ》った。

――もしかしたら暁音さんは、兄貴に気があるんだろうか?

だとしても不思議はない。

店先からの声を聞くだけでも、光太郎が老若問わず女たちに人気なのは伝わってくるし、明らかに光太郎目当てと思われる客も少なくない。

三日に一度は「女のところ」へ泊まっているから、光太郎に女がいることは間違いないのだが、相手はどうも一人ではないらしい。

訊《き》けばあっさり教えてくれそうな気がする。しかし先日、涼二《りようじ》――地元の香具師《やし》の元締め「東不動《あずまふどう》」の腹心――に漏らした通り、十二年も離れて暮らした兄なればこそ、なかなか問えないこともあるのだった。

「光太郎さんはもてるから、あちこちで足止めされてそうね」

くすりと笑って暁音が言った。

「そ、そうなんで……」

「でも顔が広いのは客商売にはいいことだわ。光太郎さんは売り込みもお上手《じようず》だもの。お客の口伝《くちづて》だけじゃあ、いい噂はなかなか広まらないものよ……悪い噂はあっという間だけど」

「ええ」

光太郎は出先で暁音に会い、その名を知ったと言っていた。

二人はよく外で顔を合わせるのだろうかと、再び孝次郎は勘繰ったが、光太郎はもとより暁音にもとても訊けたものではない。

「兄はその、よくやっております……」

　当たり障りなく言うと、「そうね」と暁音はにっこりした。

「光太郎さんはよくやってるわ。でもそれもこれも、孝次郎さんのお菓子あってのことよ。いくら触れ回ったところで、ものがよくなきゃ売れやしないもの」

「え、あ、あの」

「いつも美味しいお菓子をありがとう。お婆さんも喜んでるわ。また来ますね」

　孝次郎が返答にまごついている間に、暁音はさっさと行ってしまった。

　出来のいい兄のついでても、褒められれば嬉しいものだ。

　好いた女からなら尚更《なおさら》である。

「ん？　今日は孝次郎さんかい」

　暁音と入れ違いにやって来た男が目を細めて言った。

「なんだい？　なんかいいことでもあったのかい？」

「え？」

「なんだかこう、楽しげだからよ。味噌饅頭を三つ――いや、今日は奮発して斑雪といくか。斑雪を三つくんな」

「斑雪を三つですね、常吉《つねきち》さん」

同じ町に住む庭師の名前を、正月の寄合で孝次郎はようやく覚えた。

「斑雪か……この冬は雪が少なくてよかったが、もう春だねぇ、孝次郎さん」

「ええ、もう春になりやすね……」

桃色の菓子がぼんやり頭に浮かび、先ほどの暁音の笑顔と重なった。

三

半ば予想はしていたが、暮れの六ツを過ぎても光太郎は戻らず、孝次郎は一人で店仕舞いをし、板場を片付け、翌日に備えた。

光太郎が戻って来たのは、翌朝、六ツ半を過ぎてからだ。

「わりぃわりぃ。ちょいと飲み過ぎちまって」

盆の窪《くぼ》に手をやって、光太郎は謝った。

「――その代わりといっちゃあなんだがよ。客はまだだが、助っ人はしっかり見つけてきたぜ。さ、お七《しち》さん、こっちだ」

――お七さん？
七、という名で孝次郎が思い浮かべたのは、言わずと知れた「八百屋《やおや》お七」だ。

火事で焼け出された八百屋の娘・お七は、両親と共にある寺に避難した。寺で暮らすうちに寺の小姓《こしょう》の一人と恋仲になるのだが、やがて店が建て直されてお七一家は寺を後にする。小姓との恋が忘れられぬお七は、もう一度家が焼ければ寺で暮らせると考え、町に火を放つのだ。幸い火事は小火《ぼや》にとどまったものの、お七は火付けの罪で火あぶりとなったのである。

諸説はあるが、恋ゆえに放火して火あぶりの刑になった娘は実在したようで、お七の物語は歌舞伎や浄瑠璃の定番となっている。芝居の中のお七は世間知らずの初々《ういうい》しい娘で、火は付けたもののすぐに悔やみ、火の見櫓《やぐら》に上りつつ振袖をひらめかせるのが見せ場であった。

だが、光太郎に言われて姿を現したのは、世間知らずで初々しい娘からはほど遠い、年増の大女だった。

「七と申します。精一杯勤めますのでよろしくお願いします」

そう言って七は丁寧に頭を下げた。

相撲取りとまではいわないが、ただ大きいだけでなく背も高い。五尺七寸の孝次郎たちよりほんの一寸《いっすん》低いくらいだ。顔も丸く首も太いが、たるんではおらず、袖口から覗《のぞ》く腕も逞しい。

「あ、あの、俺――私は孝次郎と……」

「存じております」

「その、お七――お七さんは」

「承知しております。――私が八百屋お七と似ても似つかぬということは、私自身がよぉく承知しております」

「いや、俺はそんな」

否定しかけたがつい目が泳いでしまい、孝次郎は素直に認めた。

「すまねぇ。つい……その、やはりお七というと……」

「いいんですよ」

にかっと、鉄漿《かね》を塗った歯を見せて七は笑った。

改めて見ると、鼻と唇は相応にぼてっとしているのだが、細めの眉につぶらな瞳で愛嬌のある顔立ちをしている。

「お七と聞きゃあ、人は十中八九、八百屋お七を思い浮かべるもんです。ほんとのお七がどんな姿かたちをしてたかは知りませんけどね。こちとら、女形どころかそこらの女たちとだって、見た目で張り合おうなんて思っちゃいません。私はただの七人兄弟の末っ子で、今は夫と息子と姑《しゅうとめ》の四人で、回向院《えこういん》の東の松坂町《まつざかちょう》に住んでおります」

「回向院の？　そんな遠くから、わざわざうちに？」

松坂町から黒江町《くろえちょう》までだと半里以上の距離がある。家族持ちの通いなら、もっと近くの働き口を選びそうなものだ。

「ちっとも遠くないですよ。なんせこの二幸堂で働けるんだから……」

くふふふふ、と板場を見回した七がやや不気味な忍び笑いを漏らした。

「この二幸堂ってぇのは……？」

「そりゃ旦那、ここの餡子《あんこ》は絶品だもの。初めて金鍔《きんつば》を食べた時は目玉が飛び出るかと思いましたよ。あぶってあるのにしっとりしていて、小豆《あずき》の潰し具合が揃《そろ》って、風味はそのままに、甘さはほどよく……もう、うっとりしちまいました。旦那は草笛屋《くさぶえや》で修業なさったそうですね。旦那の金鍔――いや餡子は、今のところ江戸で一番。江戸中のお菓子を食べてるこのお七が言うんだから間違いありません」

自信満々に七は言い切った。

草笛屋は日本橋の菓子屋で、孝次郎が十二年にわたって奉公した大店《おおだな》だ。

「そりゃあ……どうも」

「さ、旦那、何から手伝いましょう？　なんでもお言い付けください」

「そうだ。それを訊こうと思ってたんだ」

ついハ百屋お七の話になったが、孝次郎が訊きたかったのは別のことであった。

「お七さんは、その、菓子屋で働いたことがあるんで？」

「ありません」

これまたきっぱり七は応えた。

「え？　それじゃあ……」

「しかしお菓子――いえ、餡子を語らせたら私の右に出る者はおりませんよ。お煎《せん》餅《べい》も干菓子も水菓子も好きなんですが、やはり餡子が一番です。私は美味しい餡子が何よりも好きなんですよ。餡子より好きなのはうちの人と息子くらいです！」

そう惚気《のろけ》られても……

困った孝次郎は光太郎を見やったが、光太郎はのほほんとして言った。

「菓子屋で働いたことはねぇかもしれねぇが、お七さんの餡子もなかなか旨《うま》いぜ。お七さんのご亭主は宇一郎《ういちろう》さんといって、浅草の料亭の板前でな。夫婦揃って舌が肥えてんのさ」

光太郎は知り合いの知り合いから七のことを伝え聞き、訪ねた長屋で七の夫の宇一郎と意気投合して飲み明かしてきたという。

「それにほら、『好きこそものの上手なれ』っていうじゃあねぇか。これだけ餡子が好きなお人はそういねぇ。ここは一つ、二幸堂のためにもお前の餡炊きをお七さんに伝授してやってくれ」

「若旦那の言う通りです。どうかお願いします！」

大きな身体を二つに折って言う七に、今度は光太郎が顔をしかめた。

「ちょいと待ってくんな、お七さん。なんで孝次郎が『旦那』で俺が『若旦那』なんだ？　俺が太郎、こいつが次郎で、俺の方が年上なんだぜ。この店だって借り主は俺だ」

光太郎の言い分に、七は澄まして応えた。

「でもお菓子を作っているのは孝次郎さんですよね。孝次郎さんのお菓子なくして二幸堂は成り立ちません。看板娘――もとい、看板男の光太郎さんはせいぜい若旦那、孝次郎さんこそがこの店の旦那さまです。ささ旦那さま――いや、お師匠、何から始めましょう。下働きは覚悟の上です。力仕事はこのお七に任せてください。水汲みでも薪割りでもなんでもいたします」

「その……まずは、旦那だの師匠だのと呼ぶのをやめてくれ」

目を輝かせて勢い込む七に、そう言うのが精一杯の孝次郎であった。

どうなることやらと案じた孝次郎だったが、七は見込みをはるかに上回る助っ人であった。

四

胸を叩いて豪語した通り、水汲みと薪割りに加え、洗い物、小豆や小麦粉の買い付けなどの力仕事を次々こなした。力持ちなだけでなく、「この太い身体でよくぞそこまで」と思うほど、七の所作はきびきびしている。

その上、仕事は細やかだ。

菓子用の上水《じょうすい》は一滴たりとも無駄にしないし、積まれた薪は用途に合わせた大きさで揃えられている。火の番を頼めばそつなくこなし、洗った鍋やへらには何一つこびりついていない。仕事ぶりに感心して、三日後、試しに餡を作らせてみたところ、とても素人とは思えぬ出来である。

「お七さんよ、本当に菓子屋で働いたことはねぇのかい？」

「うん。でもまあ素人《しろうと》なりに工夫は重ねてきたけどね。それにしても、同じ材料を使ってるのに、やっぱり孝次郎さんの餡子には敵《かな》わないねぇ……」

七は暁音と同い年で、年明けて三十一歳になったという。孝次郎より六歳年上なのだが、店での立場は孝次郎の方が上である。だが気心が知れてきて、いまや互いに歳や立場を越えた、くだけた口調になっていた。

「そら、お七さんと俺じゃ年季が違わぁ」

「私も菓子屋に奉公に行きたかったんだけどねぇ。菓子屋じゃ心付けをもらえないし、賄《まかな》いも大したことないだろうから、旅籠《はたご》で働けって親に言われてさ……私はこれでも昔は瘦《や》せっぽちでね」

「へぇ……」

「その顔は信じてないね、孝次郎さん」

「そんなことは」

「なんせ七人兄弟だったからね。おとっつぁんは駕籠《かご》舁《か》きで大した実入りもなかったから、食べ物は奪い合いでみんないつも腹を空かしてた。お菓子なんて、安い団子でさえ年に何回も口にできなかったよ。奉公に出て何が嬉しかったって、毎日一人前のご飯が食べられたことさ。縁談だって、相手が板前だって聞いて飛びついたんだ。板前と一緒になれば食いっぱぐれないだろうと思ってさ。うちの人には後で大笑いされたけどね……板前が持ってるのは包丁だけだから、食いっぱぐれたくなきゃ米屋か飯屋に嫁いだ方がよかったんじゃねぇか、ってね」

「そりゃそうだ」

「旅籠で肥えて、嫁いでからまた肥えて……いまや痩せっぽちだった私はどこにもいないけど、わたしゃ仕合わせだよ。だってうちの人のご飯に二幸堂のお菓子と、毎日美味しいものが食べられるんだからねぇ」

目を細めてにっこりすると、七は餡の入った鍋を見やった。

「ところでこれはどうしましょうかね、孝次郎さん？　店に出すお菓子には使えないだろうから、ここは一つ、私が食べちまってもようござんすかね？」

急にかしこまって七が訊く。

孝次郎が応える前に、暖簾から顔を出した光太郎が言った。

「そうは問屋が卸さねぇぜ、お七さん」

「でも捨てちまうのはもったいないし――」

「誰が捨てるっつったよ。孝次郎、その餡子を使って、お七さんに金鍔を教えてやってくれ。見習い金鍔ってことで一つ四文で売ろうじゃねぇか」

「そいつは妙案だ」

半額の四文なら普段遠慮している町の者も買ってくれようし、七に金鍔を仕込むことができれば、他の菓子を作る余裕も出ようというものだ。

「あーあ、せっかくたっぷり餡子が食べられると思ったのに……」

「給金とは別に、つまんでいいのはそれぞれの菓子を一つずつ、もしくは昨日の売れ残り。そう取り決めたじゃねぇか」

「そうだけど、売り子が光太郎さんじゃ、てんで売れ残らないんだもの。あぁでも、見習い金鍔は孝次郎さんの金鍔と違うから、一つつまんでもいいんだよね？」

「もちろんだ。だが、わざと売れ残りを作るような真似は許さねぇぞ？」

「莫迦にしないどくれよ、光太郎さん。このお七はそんなこすっからい真似はしないよ。でもねぇ、本音を言やぁ、もっとお菓子が食べたいよ。だから孝次郎さん、そろそろ何か新しいお菓子を作らないかい？　増えたお菓子も一つずつ食べていいんだろう？　私もどんどん手伝うからさ」

「そうだ、孝次郎。だから練切を――」

「練切もいいけどさ、どうせなら餡子たっぷりの大福や最中《もなか》はどうかねぇ？」

「そういう地味な菓子は間に合ってんだ。俺はもっと華やかで、人目を惹《ひ》く菓子を売りてぇんだよ」

　光太郎の台詞《せりふ》に、七は鼻を鳴らして言い返した。

「深川じゃ、練切なんかより大福のが売れるに違いないよ。それに作るのは孝次郎さんじゃないか。板場の苦労も知らないで、華やかだの人目を惹くだの……そんなに練切を売りたいんなら、一度光太郎さんが自分で作ってみりゃあいいのさ」

仮にも店主に対して遠慮のない物言いだが、光太郎のように、言うだけなら容易《たやす》いと孝次郎も思う。

だがこんなことでめげる光太郎ではなかった。

むっとしながらも、真っ向から七に言い放つ。

「面白《おもしれ》ぇ。そこまで言うなら俺が作るさ」

「やれるもんならやってみな」

腕組みして七も引かない。

「よしんばそこそこのが出来たって、売れなきゃそれまでなんだから。ああ、でも私にはいい話かもねぇ。売れ残りは全部私が平らげますから、光太郎さんは安心して修業に励んでくださいよ」

「売れ残りなんか出さねぇよ。それに注文客の当てもあるんだ。茶人で粋人の墨《ぼく》竜《りゅう》さんさ」

「墨竜さんが？」と、孝次郎は思わず問い返した。

墨竜は草笛屋を贔屓《ひいき》にしている粋人で、かつて、まだ十七歳だった孝次郎を吉原に招いてくれた者でもあった。

「おうよ。見頃を狙って上野で花見の茶会をするらしい。墨竜さんはお前が草笛屋で手掛けた菓子を気に入ってくれてたそうだな。あと一押しすりゃ、うちから買ってくれそうだから、俺はまた明日にでも行ってくら。――よし！　そうと決まったら、明日の店番はお七さんに頼むぜ」

「えっ？」と、七が目を丸くした。

「これから花見までは交代で修業――つまり店番も交代だ」

「じょ、冗談は困りますよ、光太郎さん」

慌てる七に、光太郎はにんまりして見せた。

「冗談なんかじゃねぇ。本気も本気さ。俺も板場で苦労してみるからよ。ここは一つ、お七さんにも売り子の苦労を知ってもらおうじゃねぇか。ああ、お七さんが店に立つ間は、最後の一つでない限り、売れ残りの菓子はやらねぇぜ」

「そ、そんなぁ……」

七が途方に暮れた目を孝次郎へ向けたが、こうなっては何を言っても無駄だと、この数箇月で学んだ孝次郎である。

「すまねぇ、お七さん」

「そんなぁ……」

「さぁ、愚図愚図《ぐずぐず》言ってねぇで、まずは見習い金鍔を作ってくんな」

それだけ言うと、光太郎は鼻歌交じりに店先に戻って行った。

五

翌日、光太郎は張り切って墨竜のもとへ出向いて行き、見事、茶会用の上菓子の注文を取りつけて来た。

ところが。

「草笛屋と競わせる、だと？」

眉をひそめて孝次郎は問い返した。

「ああ、その……」と、光太郎は言いにくそうに頬を掻《か》く。

「その？」

じぃっと光太郎を見つめて問い詰めると、光太郎は諦めの溜息をついた。

「墨竜さんがあまりにもあっさり注文してくれたからよ……つい調子に乗って、昨日のお七さんとのやり取りを話しちまったのよ。新しい菓子は練切で、俺も作ってみるってよぅ」

「それで？」

「それで……じゃあ今度の茶会の菓子はその練切にしてもらおう。だが、いくら孝次郎が教えるからって、素人の俺が作る菓子じゃあ心許《こころもと》ない。だから余興も兼ねて、草笛屋にも似たような菓子を見習いに作らせて、客に勝負を判じてもらおうじゃないか、って、墨竜さんが……」

孝次郎は思わず七と顔を見合わせた。

「で、でも茶会の菓子なら、俺が」

「俺もそう言ったのよ。茶会にはちゃあんと孝次郎の菓子を出しますってな。だが、墨竜さんはそれじゃあつまらねぇから、と」

まったく、余計なことをしゃべるから——

だが、墨竜ならそういう趣向を思いついてもおかしくない。

八年前も墨竜は、草笛屋でまだ手代《てだい》になり立てだった孝次郎をわざわざ選んで菓子を作らせた。墨竜は遊び心だけでなく、衣食住どれをとっても良品にこだわりがある上、己が「見い出し」「贔屓する」ことに喜びを感じる粋人である。そうして墨竜に育てられた職人も少なくないと、草笛屋の先代は言っていた。

墨竜が二幸堂を訪ねて来たことはないように思うが、噂は聞き及んでいるに違いない。ゆえに光太郎――見習い――に菓子を競わせるといっても、実際試されるのは草笛屋を離れた己だと孝次郎は思った。

七はというと、ほんの一瞬「ほれ見たことか」と呆れ顔になったものの、すぐに真顔になって、ほぼ首と一体化している顎《あご》へ手をやった。

「でも、もしかしたら……」

「もしかしたら？」

「今の草笛屋になら、勝てるかもしれないね」

「……どういうことでぇ、お七さん？」

孝次郎が問うと、光太郎もじっと七を見つめる。

「草笛屋は霜月《しもつき》から――つまり、孝次郎さんが辞めてから、餡子の味が落ちてんのさ。そこらの客には判らないかもしれないけどね、このお七は騙《だま》せないよ。私だけじゃない。味の判る者ならきっと気付く筈さ。草笛屋から独り立ちした職人が、深川に店を構えたと聞いて、私は師走《しわす》に初めて二幸堂を訪ねたけど、金鍔を一口食べてぴんときたよ。この人が辞めたから、草笛屋は味が落ちたんだってね」

「そうだったのか」

ざまぁみろと思う反面、亡き先代を思い出すとやるせない。

「花見というと、茶会は野点《のだて》かい？」と、七が訊いた。

「いや、墨竜さんの別宅の座敷だ。戸を開け放すと、庭の桜が見えるそうだ」

「お菓子はどこで作るんだい？　茶会の席かい？　台所？　それとも近くに板場を借りるのかい？　二軒で競うとなると、かまど一つじゃ足りないだろうからね」

「いや、気の置けない者同士の気楽な花見だから、八ツまでに届けてくれりゃあいいと言われたが……」

「なぁんだ」と、七は文字通り胸を撫で下ろした。「それならほんとに余興だね」

「――というと？」

「あのねぇ、光太郎さん。お菓子ってのは大抵、出来たてが一番美味しいんだよ。上菓子なら尚更で、一刻も二刻も経ったお菓子を出すのなら、大した茶会じゃないってことさ。それに、届けるだけなら誰が作ったかなんて判りゃしない。要するに墨竜さんて人は、はなから光太郎さんじゃなくて、孝次郎さんと草笛屋を競わせようって魂胆なんだよ。それなら二幸堂にも充分勝算はあるじゃあないの」

孝次郎も同じことを考えた。

それならなんとかなりそうだと安堵《あんど》した矢先、光太郎が言った。

「菓子は俺が作るぜ」

「え？」

「俺と草笛屋の見習いが競うから面白いって、墨竜さんは言ったんだ。だから俺も力を尽くすと啖呵《たんか》を切った。墨竜さんに裏の魂胆があったかどうか、俺には判らねえ。だが草笛屋がどう出てきても、俺は自分の言葉を違《たが》えるつもりはねぇぜ。茶会の菓子は俺が作る」

「でも光太郎さんは素人で――」

「お七さんだって素人じゃねぇか」

「私は餡子作りは」

「餡炊きはお七さんの方が上だが、練切なら判らねぇぜ。俺は根付師だったんだからよ。ちまちましたことは大の得意なんだ」

「むむ」

「三人で力を合わせてよ。草笛屋をぎゃふんと言わせてやろうぜ」

「むむぅ」

しばし唸《うな》ってから、吹っ切れたように力強く七は頷いた。

「よし！　光太郎さんのその心意気、私は買うよ！」

「ありがとうよ、お七さん」

「二幸堂の名を知らしめる恰好《かっこう》の折だしね。大店ってだけで勝てると思ったら大間違いだって、草笛屋に教えてやろうじゃないの！」

「そうとも！」

　昨日の敵は今日の友――

　盛り上がる二人を見て、孝次郎も肚《はら》をくった。

六

　二幸堂はにわかに忙しく――賑やかになった。

　息子が寂しがるからと、七は五日に一度は休む筈だったのだが、茶会までは毎日手伝いに来てくれることになった。

　朝のうちに、七の助けを得て作れるだけの菓子を孝次郎が作る。

　昼の九ツを過ぎてから一刻は七を仕込み、八ツから一刻は光太郎に練切を教える。

　花見の茶菓子ということで、墨竜からの注文菓子は、こし餡を薄紅の練切餡で包んだものにすることにした。

「それはちっとありきたりじゃねぇか、孝次郎？」

「何言ってんだい、光太郎さん。あまり凝《こ》った菓子だと、素人の光太郎さんの手には負えないよ」と、七が代わりに応える。

それなら形にこだわろうと、光太郎はさらさらといくつかの花を紙に描いた。

その画才には七と二人して驚かされたが、光太郎の描いた花はどれも練切にするには難しそうだ。

「あのなぁ、兄貴。練切は柔《やわ》くて、根付のように細かな細工はできねぇんだよ」

「でもよぅ」

「まあ、一度やってみりゃあ判るさ」

まずは自分が手本をと、孝次郎は練切餡にこし餡を包んで、五枚の花びらを持つ桜の形の練切を作ってみせた。

「む。こりゃあ……」

木とは違う柔らかさに慣れない上に、手早く仕上げなければ手の中で餡が乾いてしまう。こねくり回された練切は素人目にもまずそうだ。

光太郎は、五つ目にしてなんとかそれらしいものを作り上げた。初めてにしては上出来といえるが、これでは勝負にならぬと光太郎も悟ったようだ。

「難しいもんだな」

「判ってくれたか」

「よし、花びらは一枚、あとは色で勝負しようじゃねぇか」

「色？」

「練切餡をすっかり混ぜちまわないでよ。紅色をぼかしながら一つずつ違う色合いにしたらどうかと思ってよ」

常日頃、同じ菓子は味、色、形を揃えるよう努力している孝次郎には、思わぬ発想であった。

「花ってのはよぅ、孝次郎。同じに見えて、どれも一つずつ違うもんなんだよ」

「おう……」

「それからよぅ。中の餡も奮発して、黒じゃなくて白にしねぇか？　手間も元手もかかるけどよ、見た目も清らかだし、腹は黒より白い方がいいもんなぁ……」

「それは花は花でも物言う花のことでしょうよ、光太郎さん」

苦笑しつつも、七も光太郎の案に乗り気になった。

白餡を紅白の練切餡で包んで、形を整えながら、紅色を流すようにぼかしを入れる。花びらは一枚にし、雌しべと雄しべを軽く刻むだけとする。

「どうでぇ？　これなら俺にもなんとかなりそうだろう？　名前はそうだな……春らしい……花、姫、桜——それとも恋……」

「なら恋桜《こいざくら》はどうだい？」と、七。

「恋桜か……いいな。お七さん、思いの外、女らしいじゃねぇか」

「思いの外ってなんだい。わたしゃこれでもれっきとした女だよ！」

目を吊り上げた七だが本気ではなく、すぐににやりとしてみせる。

色合いがそれぞれ違うのだから、多少不揃いな形も愛嬌のうちだ。そのことも見越しての案だろうと、孝次郎は感心しながら光太郎が試行錯誤するのを見守った。

光太郎に比べて、七の修業はもっと楽だ。

もとより旨い餡が食べたくて二幸堂で働き始めたのである。味噌餡も粒餡もこし餡も、分量から手順からすぐに覚えてしまい、あとはそれぞれの菓子の焼き加減や蒸し加減を学ぶだけである。

また、売り子の手腕も案じたほど悪くない。七が店先に立つのは、光太郎が練切を練習する八ツから七ツまでの一刻だ。

「この見習い金鍔はね、ちょいと焦げ目がついちまったけど、中の餡子はこっちの金鍔と変わりません。それがたったの四文なんだから、お得もお得。こんなに安いのは今だけです。私の腕が上がったらおしまいなんですからね」

「この練切は恋桜ってんですよ。しかもあの光太郎さんが一つ一つ……こう、手のひらで丹念に仕上げたものなんです。お味はまだまだだけど、贔屓客なら、そこは気長に見守ってやっておくんなさい……」

長屋暮らしの者たちは多少の焦げ目なぞ気にせず、喜んで七の安い見習い金鍔を買っていく。光太郎目当ての女たちは、一つ八文にもかかわらず、それこそ贔屓の役者を支えるごとく光太郎の練切をこぞって買い求めた。

「成せば成るもんだねぇ、孝次郎さん」

十日ほど経ってからしみじみと七が言った。

「昔取った杵柄《きねづか》ってぇやつじゃあねぇか？　旅籠勤めだったんだろう？」

「女将《おかみ》じゃあるまいし、客前に出ることなんか滅多になかったんだよぅ。だから初めて店先に立った時は足が震えちまってさ」

七ツを過ぎて、かまどの火を落としたところである。

奉公人なら店仕舞いまで働かせるところだが、家族持ちの七は七ツを過ぎたら帰すことにしていた。七のために、先ほど光太郎が作った練切と、その合間に孝次郎が作った味噌饅頭を一つずつ袋に入れていると、店先から暁音の声が聞こえてきた。

「まあ可愛らしい。これが噂の練切ね。光太郎さんが作っているっていう？」

「ええ、ちと訳ありで――恋桜といいやす」

「恋桜……光太郎さんにぴったりのお菓子じゃないの」

「そうですか？」

「ええ。あっちへひらひら、こっちへひらひら、儚《はかな》い桜の花びらのようにあちこちで女たちに夢を見せているんでしょう？」

「流石《さすが》、三味のお師匠さん、上手いこと言いやすねぇ――と、言いたいところだが、ひでぇや暁音さん、それじゃ俺がいかにも遊び人……まあ、それはあながち浮言《ふげん》じゃねぇんだが、この俺にだって秘めた恋の一つや二つはありまさぁ」

「あら、秘めた恋なのに一つじゃないの？」

「そこはほら……ちぇっ、暁音さんには敵わねぇなぁ……」

軽やかな暁音の笑い声が孝次郎の耳をくすぐる。

「じゃ、これはもらって行くよ」

孝次郎の手から菓子が入った袋を取って、七がにんまりした。

そこへ、「光太郎さん！」と表から女の大声が聞こえてきた。

七

「お栄《えい》――」

「ひどいわ、光太郎さん！　あんな文《ふみ》一つで終わりにしようなんて……！」

泣きじゃくる女の嗚咽《おえつ》が続いて、孝次郎と七は顔を見合わせた。

「……どうやら痴話《ちわ》喧嘩みたいだねぇ」

そろりと七が暖簾の方へ近付いて行くのへ、孝次郎も後を追う。

暖簾の間から店先を盗み見ると、中紅色《なかべにいろ》の着物を着た、二十歳《はたち》をいくつか過ぎたと思われる女がさめざめと泣いている。

「文の前にも言ったじゃねぇか。『もうこれきりにしよう』って」

「そんなに容易《たやす》く別れられる筈ないじゃあないの。それとも私はそんなに安い女だったの？」

「……だったんだねぇ」

「しっ！」

七がつぶやくのを孝次郎はたしなめたが、時既に遅しであった。

こちらを見やってから、栄はきっと光太郎を睨みつけた。

「ひどい！　あんな女にまで莫迦にされるいわれはないわ！」

「ひでぇのはお前だ。ちったぁ、口のきき方をわきまえろ」

低く、だが強い声で栄を叱ると、光太郎は振り向いた。

「お七さん、俺はちょいとこいつと話してくっから、暁音さんを頼んだぜ」

「暁音さんて……光太郎さん、もしかしてこの人ともいい仲なの？　こんな――こんな大年増！」

「いい加減にしやがれ！」

とうとう光太郎が大声を出すと、栄は一瞬黙ったが、次の瞬間、店先の菓子箱をつかむと残っていた菓子をぶちまけた。

「何しやがる！」

「何が恋桜よ！　神田から深川に越してまで、私から逃げたかったの？」

手当たり次第に栄は店先の物を投げ始めた。

「お栄！」

「こんな店――こんな女――！」

光太郎が止める間もなく、栄が暁音につかみかかる。

「暁音さん！」

七を押しのけて、孝次郎は表へ飛び出した。

暁音は上手く栄の手を避けたが、三味線を抱いていたからか足がよろけた。

転びそうになるところを、孝次郎が間一髪で抱きとめる。

「あっ……」

己の腕の中で見上げた暁音と目が合って、孝次郎は言葉に詰まった。

「ありがとう、孝次郎さん」

「あ、いや……」

暁音を支えた左手が素手であることに気付いて、孝次郎は慌てて手を放し、手のひらの火傷痕《やけどあと》を隠すべく握りしめた。客に不快な思いをさせまいと、首筋には常から、店先に出る時には左手にも手拭いを巻いて火傷痕を隠しているのだが、とっさのことで忘れていた。

袋の上から三味線を撫でて暁音が言った。

「よかった……三味が無事で。これはお師匠さんにいただいた大切な三味なの。転んでおしゃかにしちゃったら申し訳が立たないわ」

光太郎に押さえ込まれた栄はしばらくあれこれ叫んでいたが、騒ぎを聞いた番人が駆け付けて来ると流石《さすが》に大人しくなり、光太郎にしがみついて再び泣き出した。

光太郎に言われて、無事だった菓子を暁音や野次馬に配り、「明日、必ず顚末《てんまつ》を包み隠さず教えてくださいよ」と念を押す七を帰してから、孝次郎は店仕舞いした。

栄を番屋へ連れて行った光太郎は、五ツを過ぎてから提灯《ちょうちん》を提げて帰って来た。

「いやまさか、お栄が来るとはなぁ……」

盆の窪を撫でながら光太郎が話したところによると、栄は神田の鍛冶町《かじちょう》に住んでいるそうだ。鍛冶町は光太郎が前に住んでいた松田町《まつだちょう》からそう遠くなく、栄は嫁ぎ先から二年前に出戻ってきて、光太郎と「いい仲」になった。

「夫婦《めおと》暮らしはもうこりごり、遊びでいいから、って言うからよ」

「兄貴……」

「でもよ、すぐにまずいと思ったのさ。あいつの父親は物堅い鍛冶職人でよ。後添えの話がなくもないから遊びならさっさと別れてくんなと、あいつに内緒で頼まれてな。だから俺もすぐに別れを切り出したんだ」

もう一年以上も前だという。

栄は納得せずにしばらく揉めた。だが父親や近所の者たちの説得に加えて、光太郎に他にも何人か女がいると知ってからは、諦めて、新たな縁談に乗り気になっていたそうである。

「なのに、縁談が二つ続けておじゃんになったらしくてよ。半年ほど前から、よりを戻さないかと粉かけてくるようになって――」

「それでまた手を出したのか?」

「見くびるなよ。女にゃ不自由してねぇし、別れを切り出してからは指一本触れてねぇ。ちょうどこの店を見つけたのもあって、もう訪ねて来ないでくれ、顔を合わせるのもこれきりにしよう――って言ったのさ。それなのにこないだまた、深川にまでやって来てしつこくするもんだから、父親にも知らせてやるつもりで文を送ったんだ」

二人きりだとまずいと思い、番人の知り合いに頼み込んで一緒に栄を神田まで送り届けてきたのだと、光太郎は言った。

「そりゃあ、ご苦労さんで……」

「まったくだ」

大きく頷いてから光太郎は続けた。

「それにしてもよ。暁音さんと三味が無事でよかったよ」

「え、ああ」

「前にも聞いたんだがよ、あの三味は相当大事なもんらしい。お前が飛び出してきてくれて助かった。やるじゃねぇか、孝次郎」

「……まあな」

褒められているのに、孝次郎の胸中は複雑だ。

暁音は光太郎に気があるのではないかと思っていたところである。

まさか光太郎も……？

恋情かどうかは孝次郎には判じ難いが、光太郎の言葉には暁音への好意が溢《あふ》れていると感じた。

無料で配った菓子を暁音も野次馬も喜んでくれたが、これとて光太郎の機転である。己は地面に散らばった菓子を見ておろおろするばかりで、七が手伝ってくれたからこそ速やかに店先を片付けることができたのだった。

布団を敷き始めた光太郎の横で、暁音に触れた左手のひらを孝次郎はぼんやりと見やった。胸を塞《ふさ》いでいるのは、暁音を助けた喜びでも、出来のいい兄への嫉妬でもなく、ただただ力不足な己への失意だった。

ひっつれた火傷痕の向こうに、亡き父親の勘太郎《かんたろう》の暗い顔が見えた気がして、孝次郎は慌てて手を握りしめた。

八

騒ぎの後も光太郎は張り切って練切の練習をした。

塗箱《うるし》まで新調し、大変な気の入れようである。

「まあ此度《こたび》は儲《もう》けにならねぇけどよ。草笛屋に勝ったら、上菓子の注文も増えるだろうしよ」

墨竜の注文は上菓子九つ。

茶会には墨竜を含む九人の粋人が集まるらしい。

光太郎の練習や塗箱の費《つい》えを考えると大きく足が出るが、七もいることだし、今後、上菓子まで手広く売れるようになればすぐに元が取れるだろう。

元来器用な光太郎である。

菓子作りを始めて半月ほどで瞬《またた》く間に上手くなった。

もちろん練切——しかも恋桜一つに限ってのことである。それでも、白隠元豆《しろいんげんまめ》を前日から下ごしらえした白餡や、つくね芋と食紅を混ぜた紅白の練切餡を一人で作れるようになったのだから大したものだ。

味も、日によって餡の滑らかさに僅かな違いがあるものの、七が唸るほど玄人《くろうと》裸足《はだし》の菓子になった。

茶会の前日、最後の練習として光太郎が作った恋桜を、孝次郎は七と味見した。

赤銅色《しやくどういろ》の塗箱に、桜色と紅梅色が交じり合った菓子の花びらが九つ並んでいる。

「綺麗だねぇ。私はもとより花より団子だけど、こんな団子なら尚更嬉しいねぇ」

待ちきれないといった顔で、七が孝次郎を見やった。

そうっと一つつまんで、口に運ぶ。

きめ細かな餡が舌の上でほどけた。練切餡の控えめな甘さが白餡のほどよい甘さと溶け合い、孝次郎は思わず口角を上げた。

「旨いよ」

「じゃ、私もお一つ」

嬉々として七も一つつまみ、手を添えて半分をまず口にした。

二度転がすように口を動かすと、七の顔にゆっくりと、満面の笑みが広がった。

「うん！　美味しいよ、光太郎さん！」

「おう」と、光太郎は少し照れ臭そうだ。

四半刻待ってもう一つ、更に四半刻してからもう一つずつ味見する。

二幸堂から上野の墨竜の別宅まで約一里半。早足で半刻の距離である。駕籠舁きか足自慢の者に頼むことも検討したが、人任せにして菓子に何かあった日には悔やみきれぬと、光太郎自身が届けることになった。

半刻を経ても恋桜の柔らかさも味も思っていたほど落ちておらず、孝次郎は胸を撫で下ろした。

「草笛屋はうちには負けられねぇから、見習いに任せやしないだろう。おそらく手代に作らせるだろうが、この出来ならいい勝負にならぁ」

「おめぇがそう言ってくれんなら心強《づえ》ぇや」

残った三つを一つずつ分けたが、七は食べずに袋に入れた。

「彦《ひこ》に持って帰ってやんのかい？」

彦、と光太郎が言ったのは、七の息子の彦一郎《ひこいちろう》のことである。年明けて五歳になった彦一郎は七と宇一郎の大切な一粒種であった。

「うん。恋桜は柔らかくて食べやすいからね。あの子も気に入ってるんだよ。いつもは味見は一つだけだから、道すがら私が食べちまうことが多いんだけど、今日はもう三つも食べさせてもらったからねぇ」

へへへ、と笑って七は丁寧に袋を閉じた。

孝次郎はまだ会ったことがないが、七の夫の宇一郎は六尺近い大男だそうである。食道楽で健《すこ》やかな似た者夫婦にもかかわらず、一人息子の彦一郎は身体が弱くて痩せっぽち、食も細いと聞いている。

「彦にはちゃんと、俺が作ったって言ってくれよ」

念を押す光太郎へ、七はおざなりに頷いた。

「はいはい。でもあの子の一番のお気に入りは斑雪だけどねぇ」

「ちぇっ。どうせ孝次郎の菓子にゃ敵わねぇよ」

光太郎が拗《す》ねると、今度は呆れた声で七は言った。

「光太郎さんは、ほんの二十日ばかり修業しただけじゃあないか。それで孝次郎さんに勝とうなんておこがましいにもほどがあるよ」

「判ってらぁ。でも俺も毎日励んで――」

「その毎日を、孝次郎さんは十二年も続けてきたんだ。孝次郎さんの腕は修業の賜物、光太郎さんのはそうだねぇ――莫迦の一つ覚えかねぇ」

「莫迦の一つ覚えたぁ、ひでぇや、お七さん」

「姑にだって歯に衣着《きぬ》せぬのが、このお七さ。いひひひひ」

なんだかんだと言いながらも仲のいい二人のやり取りが、孝次郎を和《なご》ませる。

前日の下ごしらえも万全に、当日も念入りに光太郎は恋桜を仕上げた。

「じゃあ、行ってくら！」

出来たての恋桜が入った箱を抱えて、九つ半を過ぎてすぐ、意気揚々と光太郎は出かけて行った。

店先に立った七と、勝負の行方を案じながら一刻半が過ぎた。

茶会は八ツから一刻ほどで、客を帰したら勝敗を知らせると墨竜には言われており、光太郎と草笛屋の者は近くの茶屋で待つことになっていた。

七ツを過ぎて七を帰し、更に半刻経っても光太郎は戻らない。

――茶会が長引いたのだろうか？

それともまさか、一人で祝杯を挙げてんじゃあねぇだろうな……

じりじりしながら菓子を売り切り、孝次郎が暖簾に手をかけたところへ、光太郎が肩を落として戻って来た。

九

――すこぅしばかり、乾いていてねぇ……――

そう、墨竜は言ったそうである。

「乾いてたって……兄貴、まさか途中で中を確かめたのか？」

「そんな暇なんぞなかったさ。箱を開けたのは着いてから、墨竜さんにお披露目した時の一度きりだ。とにかく八ツの鐘が鳴るまでに着かなきゃならねぇ。走れば菓子が崩れるかもしれねぇと、気が気じゃなかったんだからよ」

「じゃあ、新しい箱のせいか？　でも試した時は――」

「俺の腕が足んなかっただけだ。箱のせいにすんない。ありゃ松田町の留春《とめはる》さんが二幸堂のためにあつらえてくれたもんだぞ。安くしてくれたが、安もんじゃねぇ」

留春は塗物師で、亡き勘太郎とも親交が深かった。

「餡の出来も申し分なかったのに……」

草笛屋の菓子も桜を象《かたど》った紅色の練切で、中はこし餡だったという。

「墨竜さんは白餡の方が花には合ってたって褒めてくだすった。味も草笛屋のに負けず劣らず――ただ、練切餡が少し乾いていて惜しかった、と」

「今日は晴れてたから……俺がちゃんと、外に出て確かめていれば……」

「孝次郎、もういいじゃあねぇか。負けは負けだ」

諭《さと》しながらも悔しかったのだろう。光太郎は徳利《とっくり》に残っていた酒を空けて、早々に寝入ってしまった。

　翌日、光太郎はけろりとしていつも通りに戻ったが、勝敗が知りたくて早出してきた七は地団太《じだんだ》を踏み、孝次郎も悶々としたままだ。

　未練がましく二人して、ああすればよかった、こうすべきだったと、うだうだ言っていると、光太郎が苦笑しながら切り出した。

「いつまでもみっともねぇぜ、二人とも。注文がなきゃ元が取れねぇから、しばらく上菓子はなしだが、俺は諦めた訳じゃねぇ。そこで考えたんだが、気晴らしを兼ねて、二人ともちょいと外で修業して来いよ」

「外で修業？」

「何言ってんだい、光太郎さん。私ら抜きで商売になると思ってんのかい！」

　声を荒らげた七に、「思ってねぇよ」と光太郎はにっこりした。

「修業といっても他の店で働けってんじゃねぇ。お七さんは江戸中の菓子を食べているると豪語してたな」

「そうだよ」

「だからよ、これからは時々、孝次郎を連れて、他の菓子屋を探りに行ってくれねぇか？　菓子代は無論、店から出すからよ。上手いもんを食べてみるのも修業のうちだ。よその店には、孝次郎が思いもよらねぇ工夫があるかもしれないぜ？」

「そりゃあいいね！」

孝次郎が応える前に、七が身を乗り出した。

ただでいろんな店の菓子にありつけると、目を爛々《らんらん》とさせている。

「その代わり、出かける日は八ツまでに一日分の菓子を作ってもらうからな」

見習い菓子のおかげか二幸堂はまた少し客が増え、日に八百売ることもざらではなくなっていた。

「もちろんさ。私と孝次郎さんがその気になれば、千でも二千でも――」

「そうやって売れ残りを増やそうって魂胆かい、お七さん？」

「あれまあ、見抜かれちまったかい」

またしても孝次郎が口を挟む間もなく、あれよあれよと事が決まった。

十

二日後の八ツ過ぎ。

七に連れられて向かったのは、両国米沢町《よねざわちょう》にある「一休《いっきゅう》」という茶屋だ。

「そこは小豆饅頭が売りでね。これがまた、しっとりしていて旨いのさ」

「小豆饅頭……？」

「まあまあ、食べてみてのお楽しみだよ！」

七とて人妻で、独り身の男と連れ立って歩くなぞ褒められたことではないのだが、どう見ても相思とは思えぬ二人である。相思でなくとも、他の女なら隣りを歩くだけで落ち着かないものの、七にはもうすっかり慣れた孝次郎だった。

二幸堂のある深川黒江町から大川沿いを北へ上がり、両国橋を渡ると両国広小路に出る。橋の袂《たもと》から一休のある米沢町一丁目までほんの一町ほどだった。

町の西南の角に位置していて奥まっているのだが、広小路が近いからか、間口二間の店は繁盛していた。花見にぴったりの陽気に誘われてか、店の中から表の縁台まで客が鈴なりになっている。

ちょうど娘二人が表の縁台から立つところを、目ざとい七が見つけた。するすると足音も立てずに近寄ると、間髪《かんはつ》容れずに座り込む。七の大女らしからぬすばしこさに幾人かの客が目を丸くしたが、孝次郎はもう驚かない。にこにこと小さく手を振る七へ、ゆっくりと歩み寄って隣りに腰かけた。

「お茶とね、小豆饅頭二つずつ。いいね？　孝次郎さん？」

「ん？　ああ」

「団子も茶饅頭もあるけどさ、ここはなんといっても小豆饅頭だから。お茶もお菓子も四文だから全部で二十四文だよ」

　店の金だと思って遠慮がない……と思いきや、菓子を見て孝次郎は納得した。小豆饅頭と思《おぼ》しきものは斑雪と同じくらいの大きさで、饅頭にしては小振りなのだ。

　その気になれば一口だろうに、ふっくらした指でつまんだ小豆饅頭を、七はもったいぶって半分だけまず口にした。嚙まずにゆっくり口に含んだまま味わう。

「んふふ」

　笑って目を細める七は本当に幸せそうだ。

　期待して孝次郎も小豆饅頭を、七に倣って半分口に入れた。

　表はしっとりというよりも、ややねっとりとしている。餡はない蒸《ふ》かし饅頭なのだが、生地に小豆が練り込んであり、歯《は》ではなく舌で食むうちに、じわりじわりと小豆の味が染みだしてくる。

　小豆が上物なのは間違いねぇが……

「三盆糖《さんぼんとう》を使ってるな。米粉に山芋……主か縁故が薩摩《さつま》の出なんじゃねぇのかな」

　薩摩には軽羹《かるかん》と呼ばれる、やはり米粉に山芋を混ぜて作った菓子がある。

「流石、孝次郎さん――でもちょっと惜しかったね。店主のおっかさんが伊予松山《いよまつやま》の出だそうだよ」

「だから砂糖じゃなくて三盆糖なのか」

伊予松山に近い高松や徳島は三盆糖の産地である。

「私はほら、餡子が好きだからさ。餡子の入ってない饅頭なんて滅多に食べないんだけど、ここのはほら、小豆がねぇ……小豆の味がこう、じんわりと」

「お七さん、いいからゆっくり食べな」

孝次郎が言うと、七は嬉しげに頷いて口を動かした。

茶も金を取るだけに、出がらしではなく、そこそこ旨い茶であった。間に茶を挟んで二つの小豆饅頭を味わうと、孝次郎は更に四つ小豆饅頭を頼み、三つと一つに分けて袋に入れてもらうことにした。

「家への土産にしてくんな」

「あれまあ、孝次郎さんにしては気が利くじゃあないの」

「お七さんの分はねぇぞ。宇一郎さんと彦、それからお姑さんの分だからな」

「判ってますよぅ。いいんですよぅ。うちの人と半分こするから――」

七がわざと口を尖らせたところへ「墨竜さん」という声が聞こえてきて、孝次郎はちらりとそちらを見やった。

　墨竜の姿はなかったが、二人の男が少し離れたところで立ち話をしている。

「そうそう、あの茶会で出たような上菓子もいいが、ここの小豆饅頭も気楽でいいんだよなぁ」

「そう桃山《とうざん》さんが仰ってたから、私も出向いて来たんですよ」

　どうやら二人とも墨竜の茶会の招待客だったようだ。七も気付いたようで、孝次郎の袖をそっと引っ張り、二人してさりげなく聞き耳を立てた。

「嘉泉《かせん》さんも甘いものに目がないんだったねぇ」

「ええ」

「あの菓子比べ、嘉泉さんも二幸堂に票を入れてたねぇ？」

「はい。菓子は草笛屋の方が上でしたが、あれは見習いの味じゃありません。腕の確かな者に作らせたんでしょう。私は、ちゃんと見習いに作らせた二幸堂の心意気を買ったんですよ。それに、確かに表は少し乾いていたが、中の白餡はなかなかのものでした」

「うん。私もそう思ったから、二幸堂を推したんだがねぇ。まあ菓子だけ比べたら草笛屋が上だったんだから仕方ない。六対三だったんだから二幸堂もよくやった」

やはり草笛屋は腕の立つ者を使ってずるをしたらしい。

「ええ、しかし……」

「なんだい？」

「それが、少し気になることが……」

「気になること？」

「すみません。桃山さんだから打ち明けますが、私、見てしまったんですよ」

「何をだい？　気になるじゃあないか。早く言っておくれよ、嘉泉さん」

「帰り道で、先を歩いて行った秀柳《しゅうりゅう》さんが懐紙を捨てたんです。落とし物かと思って拾ったんですが、中身のない、ただ丸められた懐紙でした」

「だからなんなんだい？　じれったいな」

「それに少し紅色の餡がついていたんです。茶菓子に使われた墨竜さんの懐紙じゃありません。ついていたのは二幸堂の菓子くずだと私は思うんですが、その、秀柳さんは草笛屋を強く推していらしたし……つまりその、私は──」

その秀柳って野郎が、うちの菓子に細工したに違《ちげ》ぇねぇ──

おそらく隙を見て菓子箱に懐紙を忍ばせたのだろう。ほんのしばしでも、懐紙に触れたなら餡が乾いていたのも当然だ。

思わず立ち上がろうとした孝次郎の腕を、七がぐっと押さえて囁《ささや》いた。

「駄目だよ、孝次郎さん。下手なことを言うと亭主の沽券《こけん》にかかわる」

亭主、と七がいったのは墨竜のことである。

桃山も同じように考えたようだ。

「しぃっ。そういう話は往来でするもんじゃない。だが、そうだなぁ……墨竜さんは秀柳さんとはまだ知り合って日が浅いようだったし、折があれば私の方から墨竜さんに伝えてみるよ」

「すみません。余計なことを……」

「いやいや、いいんだ」

男たちの話が菓子から酒に変わったところへ、給仕の女が饅頭を持って来た。

包みの一つを七に渡し、店から少し離れてから孝次郎は言った。

「じゃ、お七さん、また明日」

「ちょっとちょっと、孝次郎さん、どこへ行くのさ？　両国橋はこっちだよ？」

反対側へ足を向けた孝次郎へ七が慌てて訊いた。

「その、俺は」

「あ、判った。草笛屋に行こうってんだね？」

その通りであった。

「だってよ……悔しいじゃねぇか。兄貴があんなに必死になって作った菓子なのによ……見習いなんざに任せねぇとは思っていたが、こっちの菓子に細工まで――」

「だからって、草笛屋に行ってどうするんだい？　証拠も何もないんだよ？」

これもその通りであった。

乗り込んで行ったところで、店主の信俊《のぶとし》はずるを認めはしないだろう。

黙った孝次郎へ、七が温かい声で言った。

「光太郎さんの菓子はけして負けてなかった。乾いてたって、味の判る九人のうち三人が二幸堂を推してくれたんだ。此度はそれでよしとしようじゃないの」

「……」

「それにさ、内気な孝次郎さんが、光太郎さんのために草笛屋に怒鳴り込もうなんて、その気持ちだけで光太郎さんは嬉しい筈さ」

「怒鳴り込むなんて、俺はただ……あ、兄貴にはこのことは言わねぇでくれよ」

「さぁて、どうしようかねぇ」と、七はにやにやした。「あんたがたは、顔かたちはあんまし似ていないけど、やっぱり兄弟だねぇ……ふふふ」

「そりゃどういうことだい？」

「だって、うちに来た時、光太郎さんも言ってたもの。『これは弟には内緒にしてくんな』って」

「内緒って、兄貴は一体――まさか」

また博打《ばくち》でも……？

「孝次郎さん」と、七は真面目な顔になって言った。「光太郎さんはやましいことはなぁんにもしてないよ。ただね、店主ってのは、使用人や一職人にはない苦労がいろいろあるのさ」

「そりゃ、そうだろうが……」

「だからうちに来た時に、ちょいと愚痴めいたことを言ったのさ。どんなことかは内緒だから言わないよ。でも光太郎さんが店でそういうことを口にしないのは、孝次郎さんに心置きなく菓子を作って欲しいからだろうよ。二幸堂は孝次郎さんのお菓子ありきの店だもの。それに光太郎さんはなんだかんだ、兄貴風を吹かせたがるからねぇ。弟には見せたくない弱音や苦労があるってことを、兄弟なら判っておやりよ」

「……ああ」と、孝次郎は頷くしかなかった。

己の浅慮《せんりょ》が情けなかった。

――火事の時と同じだ。

痛いのや苦しいのは俺だけじゃあねぇんだ――

「……でもまあ、女は選んで欲しいもんだよ。こないだみたいな騒ぎは二度とごめんだからねぇ。お菓子ももったいないなかったしねぇ」

にこにこ顔に戻った七に促され、孝次郎は歩き出した。

気を取り直して、七の菓子談義に相槌《あいづち》を打ちながら両国橋を東へ渡る。

――と、見覚えのある男がこちらへ橋を渡ってくるではないか。

「噂をすれば……」

「え？」

男は草笛屋の信俊であった。

十一

客先からの帰りなのか、信俊は手代で腰巾着の浩助《こうすけ》を伴にしていた。

七に諭された手前、素知らぬふりをしてやり過ごそうとしたものの、どこか殺気立っていたらしい。気付いた信俊の方から声をかけてきた。

「おや、孝次郎。店はどうした？　こんなところで油売っててていいのかい？」

孝次郎が黙っていると、信俊は隣りの七を上から下まで見てから続けた。

「こちらはどなたかな？　もしやお前のおかみさんかい？」

浩助と目を交わし、含み笑いを漏らして信俊は言った。

「……店を手伝ってくれてるお人です」

「そうなのかい。お前みたいなのには、お似合いのおかみさんに見えるがねぇ」

孝次郎だけでなく、七をも侮辱した台詞であった。

「そんな物言いは、大店の旦那にふさわしくねぇですよ、信俊さん」

「おや、大層な口を利くようになったじゃないか」

名前で呼ばれたのが気に食わなかったのか、信俊の声が尖った。

「こちとら店を辞めた身だ。もうあんたを旦那と呼ぶ義理もねぇ」

「そうだったそうだった。お前も今は『旦那さま』だったねぇ。しかし、たかが深川の小商い。風格も何もあったもんじゃない」

「あんたにだって、日本橋の店主の風格なんざありゃしねぇや。今のあんたを見たら、先代がどんなに嘆くことか……」

「なんだと？」

「深川の小商いとあんたは言ったが、その小商い相手にずるしやがって。恥を知りやがれ」

「ずるとは穏やかじゃねぇな。茶会の菓子なら、うちだってちゃんと見習いに作らせたさ。言いがかりもいい加減にしろ、孝次郎」

信俊を庇《かば》うように浩助が口を挟んで一歩踏み出した。

見習いに、と浩助から口にしたことで、先ほど聞いた話がますます真実味を増してくる。あの二人が言ったように、草笛屋は菓子も見習いではなく手代にでも作らせたのだろう。

しかしそれだけなら予想はしていた。

橋の上で、孝次郎は真っ向から浩助を睨みつけた。

「菓子の作り手の話じゃねぇや」

「だったらなんだ？　何を言っても負け惜しみにしか聞こえねぇぞ……」

言いつつ、微かににやりとした浩助を見て孝次郎は確信した。

傍らの信俊が目配せしたことから、信俊も承知の上だったたと悟った。

「あんたたちは懐紙で……秀柳さんって人に頼んで、うちの菓子箱にこっそり懐紙を忍ばせただろう？」

さっと二人の顔色が変わった。菓子の出来栄えだけならなんとでも言い抜けられると思ったのだろうが、孝次郎が秀柳の名を出したことに驚いたようである。

「何を――一体なんの証拠があって――」と、浩助が慌てた。

「てめぇのそのうろたえぶりが何よりの証拠だ。てめぇとは、十二年も一つ屋根の下で暮らしたんだぞ。他のもんは騙せても俺は騙せねぇ。菓子にあんな細工するなんて――同じ職人として恥ずかしくねぇのか、浩助！」

「同じ職人だと？」と、浩助は鼻で笑った。「あの墨竜さんの茶会にど素人の菓子を持って来るなんざ、そっちこそ莫迦にすんじゃねぇ！」

「互いに見習いに作らせるって趣向だった筈だ」

「てめぇの兄貴は見習いでさえねぇ、顔だけが取り柄の与太公《よたこう》じゃねぇか！」

「浩助、てめぇ！」

思わず浩助の胸倉をつかむと、浩助もつかみ返す。

着物がはだけて火傷痕が露《あら》わになったが、それどころではない。

「兄貴は……顔だけが取り柄の与太公なんかじゃねぇ……」

絞り出すように言うと、浩助はせせら笑った。

「与太公でなきゃ、女泣かせのお調子もんだ。聞いたぜ、女に怒鳴り込まれて店をめちゃくちゃにされたんだってな。店の元金だってどうせ、女からかすめ取った金に違ぇねぇ」

「この野郎！」

殴りつけようと放した孝次郎の右手を、割って入った七がつかんだ。

「孝次郎さん——いえ旦那さま、ここはどうかお引きください」

「いや引かねぇ！　こいつには一発お見舞いしねぇと気が済まねぇ！」

「そこは、このわたくしめが」

「え？」

女とは思えぬ力で、七はぐっと孝次郎と浩助を引き離す。

男二人——否、信俊を含め三人——が唖然としたのも束の間、下から突き出された七の拳が浩助のみぞおちに綺麗に入った。

短いうめき声を漏らして、浩助が橋の上に崩れ落ちた。

十二

「まったくどっちが与太者なんだか——ささ、旦那さま、礼儀知らずは放って行きましょう。皆さま、どうもお騒がせいたしました。どうもどうも。はい、すみません。ごめんなすって……」

ありったけの愛嬌を振りまきながら、衆人をかき分け橋を渡り切ると、七はほぅっと大げさに胸を撫で下ろしてみせる。

「まあまあ、とんでもないのに絡まれちまったね」

「お七さんよ……」

「ああ、孝次郎さん、さっきのことはお互い内緒にしようじゃないの。うちの人はともかく、お姑さんに知れたら小言じゃ済まないだろうからねぇ」

七の家は両国橋からそう遠くない。己が黙っていたところで、噂になるのは避けられぬだろうが、孝次郎はとりあえず頷いた。

「孝次郎さん」

七の手振りで、己の着物が乱れたままなのに気付く。

慌てて前を引き合わせて火傷痕を隠した。

「これはその、十五年前の……」

「己丑《きちゅう》の火事だね」

七の顔から笑みが消えた。

「……うちもあれで、おとっつぁんに一番上と三番目、四番目の兄さんと、四人もいっぺんに亡くしたよ。十五年経った今でも、昨日のことのように思い出せる。貞《てい》にぃも――あ、次男が貞次郎《ていじろう》ってんだけどね――火消しの手伝いに出て腕に火傷をしてねえ……あん時はほんと、大変だったねぇ、孝次郎さん」

「ああ」

「そうだ。私が孝次郎さん贔屓なのは、貞にぃのことがあるからかもね」

わざと少し明るい声を出して七は続けた。

「大黒柱が亡くなって、男手は貞にぃだけになっちゃってさ。まあ私ら女三人はもうそれぞれ奉公に出てたけど、おっかさんの塞ぎようがひどくてね。おっかさんももう亡くなって五年になるけど、貞にぃは最期までよく面倒見てくれたよ。貞にぃも黙々と仕事に打ち込むお人でさ。見た目は全然似てないけど、うん、でもやっぱりどこか孝次郎さんに似ているよ」

「そうかい」

短く応えたのみだったが、七のねんごろな言葉が嬉しかった。

「火事からしばらくは、名を名乗るのも呼ばれるのも嫌だったもんだ。七なんて、どうしたってみんな八百屋お七を――火事を思い出すからね……うちは一番上の兄が宗太郎《そうたろう》、続いて貞次郎、康三郎《こうさぶろう》、篠《しの》、小五郎《こごろう》、りく、ときて、最後はまんまの七と名付けられたのさ……なんて、孝次郎さんにも嫌なこと思い出させちまったね」

「そんなこたねぇよ。俺も火事のことは昨日のことのように思い出せるが……でもやっぱりもう十五年だ。それによ、火事とお七さんはなんのかかわりもねぇじゃねぇか。お七さんは間違っても火付けなんて滅茶苦茶なこたしねぇよ」

孝次郎が言うと、七は嬉しげに頷く。

それから一つ、ふんと小さく鼻を鳴らすと、いつもの調子に戻って言った。

「大体ね、莫迦な子だよ、お七ってのは。想い人に会いたいからって、火付けをするなんて考えなしもいいとこさ。精進料理ばかり食べてるお寺の小姓なんざ、美味しいお饅頭を十個も並べりゃ還俗《げんぞく》するだろうに――」

「そりゃねぇだろう、お七さん」と、孝次郎は苦笑する。

「いんや、孝次郎さん。坊主や小姓ってのは修行が厳しい分、甘いものに目がないんだよ。それに古今東西、美味しいものに心動かされない者はいないよ。この私だってそうさ。うちの人の料理の美味しいことといったら――わたしゃ一口で、身も心も胃の腑もがっちりあの人につかまれちまった」

「そりゃお七さんは食い意地が、いやその、舌が肥えてるから……」

「暁音さんだって、きっとそうさ」

「えっ？」

急に暁音の名が出て、孝次郎はうろたえた。

そんな孝次郎を見て七はゆっくりと口角を上げてにんまりした。

「やっぱりねぇ。やっぱり孝次郎さんは、あの暁音さんて人に気があるんだね」

「いや、俺は、その」

「そうじゃないかと思ったんだよ。あの人の声がする度に手が止まるし、こないだだってほら、私を突き飛ばしてあの人に駆け寄って――」

「突き飛ばしたなんて、あれはただ、三味を持ったまま転んじゃ危ねぇと」

「んふふふふ」

「違うんだ、お七さん。暁音さんは、その、きっと兄貴に気があって……」

「そんなこたないよ」

きっぱり言われて面食らう。

「いや、でも」

「暁音さん、ほんとに嬉しそうだったもの。孝次郎さんに助けてもらって」

「そりゃあれだ。あの三味はお師匠さんからもらったってぇ、大事な三味で……」

「もう！　孝次郎さんはお菓子には滅法詳しいけど、女心にはとんと疎いんだから。三味云々《うんぬん》を持ち出したのは、きっと恥ずかしかったのさ。あの人が孝次郎さんに惚の字かどうかはまだ怪しいけど、少なくとも光太郎さんには惚れちゃいないよ。これまで恋桜を一つも注文してないし、あのお栄って女にだって嫉妬の欠片《かけら》も見せなかったもの。このお七の見立ては間違いないよ」

どこまでも自信満々の七である。

まさかと思いつつも、七の言葉に期待めいた気持ちが芽生えた孝次郎だった。

家に帰る七とは橋の袂で別れたが、道すがら孝次郎は七の言葉を反芻《はんすう》し、あの日の暁音の顔を思い浮かべた。

嬉しそうだった……だろうか？

一旦考え出すと、抱きとめた時の暁音の腕の柔らかさや、己を見上げ、見つめた瞳などが次々と思い出されて、孝次郎の足は自然に速まった。

あっという間に黒江町まで戻って来ると、店の暖簾はもう仕舞われていた。

が、板戸は閉められていなかった。

「兄貴」

戸を引きながら声をかけると、光太郎が何やら慌てて隅に隠した。

「なんなんだ？」

「これは、その……」

歯切れの悪い光太郎の後ろから、かさこそ生き物の気配がする。

常から埃《ほこり》やごみ屑が入らぬように、細心の注意を払って菓子作りをしている孝次郎である。猫を始めとする生き物は家には入れぬようにと、光太郎にはきつく言い渡してあった。

「光太郎」

じろりと睨んで名前で呼んだ。

「その背中に隠してるもんを出してくれ」

「すまん、孝次郎。明日にはなんとかするから――」

拝んでから光太郎が取り上げたのは、籠《かご》に入った二羽の鶉《うずら》であった。

「松田町で近所だったお末《すえ》婆さんが亡くなったそうだ。こいつらは一月ほど前にもらってきたばかりで、婆さんが俺にやってくれって言ったらしい。その……ほら、昔、家で飼ってたろう？　何故だか婆さんは、今際《いまわ》の際《きわ》にそれを思い出したらしいんだな。婆さんの気持ちも無下《むげ》にできねぇし、届けてくれた町のもんにも悪いしよ。明日には誰か引き取り手を探すから、今夜一晩だけここに置かせてくれ」

「そういうことなら俺もうだうだ言わねぇさ。何も隠さなくてもいいじゃねぇか」

——あれは確か、七、八歳の頃だった。

光太郎に言われて、昔、鶉を飼っていたことを孝次郎は思い出した。

父親の勘太郎がどこからか鶉の雛をやはり二羽もらってきたのだ。二年ほど光太郎と一緒に世話をしたが、火事の前に寿命で死んだ。

「なんだか懐かしいな。籠に入ってんだしよ。一日二日ならまあいいさ。俺はまた何かもっと面倒なもんかと……」

「……まあ、お前がいいならよかったよ」

微笑んだ孝次郎に対して、光太郎はまだ複雑な顔をしている。

光太郎の顔を見て、孝次郎は更に思い出した。

十数年前——奉公へ出る少し前のことである。

——まーだら、まだらの、うずらのたまごー。ぽつぽつまだらの、うずらのたまごー……——

ほんの数人だったものの、心無い子供たちにそんな風に何度か火傷痕をからかわれたことがあった。叱られるのを警戒してか、孝次郎が一人きりの時に限って囃《はや》し立てて行く。

だがある日、偶然通りかかった光太郎が聞きつけて主謀格の少年に飛びかかった。子供とはいえ皆十代だ。近くにいた子供たちもそれぞれに加勢し、十数人が入り乱れて、番人が呼ばれるほどの大喧嘩となった。

もしかしたら兄貴はまだ、あん時のことを気にして――

胸が熱くなると同時に笑いが込み上げてきて、わざとおどけて言ってみる。

「鶉っていやぁ、卵のことで隣町のやつらと喧嘩になって、兄貴が番屋にしょっぴかれたことがあったな」

「え？　――ああ、まあ、そんなこともあったな」

「番屋にいる間に殴られた兄貴の顔が見る見る腫れてよ。番人のおじさんに、『そんなんじゃ役者になれねぇぞ』なんて言われてよ」

「こちとら、はなから役者になる気なんかねぇや。それに俺だって三発は殴ってやったし、あっちは泣き出したが俺は泣かなかった」

「ああそうだった」

――役者になんざなりたかねぇや。俺はおとっつぁんの跡を継いで、神田一の根付師になるんだからよ――

ぷっくりと、目も上手く開かぬほど膨れた光太郎の顔も、今思い返すと可笑《おか》しいばかりだ。

「兄貴……俺ももう、十の餓鬼じゃねぇんだよ」

「……おう」

「昔はよ、卵を見つける度に取り合ったな」

「そうだったな」と、光太郎もようやく微笑んだ。

「雌が二羽って言われて親父はもらってきたのに、実は雄と雌が一羽ずつで――」

「そうだそうだ。だから卵も一つずつしか食べられなかったんだ」

長屋暮らしでは卵は贅沢品だったから、小さな鶉の卵でもそれは大事に食べたものである。卵は産まないが雄の鶉も愛らしく、餌やりやら籠の掃除やら、孝次郎は子供ながらに懸命に世話をした。雌が先に死に、五日後に後を追うように冷たくなっていた雄を見つけた時は、その場で涙ぐんでしまったほどである。

「そうだ兄貴、こいつら、お七さんさえよけりゃあ、彦にやるってのはどうだ？　おっかさんが昼間いねぇ間の慰めになるし、卵は滋養にもなるし……」

「そいつぁいい案だ。明日にでも早速訊いてみよう。――ところで、孝次郎。今日の菓子屋はどうだったんだ？」

「どうって」

草笛屋が勝負でずるをしたことや、信俊や浩助に会ったことが頭をよぎったが、光太郎には黙っていることにした。

代わりにどんどん旨い菓子を作ってやる。

小さくとも草笛屋に負けねぇ店にしてやるからな――

と、新たに決意した孝次郎だったが、一番の理由は別にある。

――あのお七さんとはいえ、女に喧嘩のけりをつけてもらったなんて、口が裂けても兄貴には言えねぇ……

「……お七さんの勧めだけあって小豆饅頭は旨かった。兄貴にも食べてもらおうと思ってよ。土産に一つ買って来たぜ」

「おっ、気が利くじゃあねぇか」

嬉しげな光太郎にほっとしつつ、孝次郎は懐から菓子の入った袋を取り出した。

十三

七の息子の彦一郎は、二羽の鶏を思いの外喜んだそうである。

「生まれて一月ほどなんだってね。あと十日もすりゃ卵を産むだろうってうちの人が言ったら、そりゃあえらい喜びようでさ……あんまり何回も籠を覗くもんだから、騒ぎ立てるのはよくないと言ったら、今度はちょいと大声出す度にこっちが叱られる始末さね」

苦笑しながら七が伝えた。

「孝次郎さんによぉくお礼を伝えてくれと、彦に頼まれたよ」

「なんでぇ、お七さん。なんで孝次郎なんだ？　ありゃ俺がもらった鶉だぞ？　つまり俺が彦にやったんだ」

不満げに問うた光太郎へ、七は澄ました顔で応えた。

「そりゃあ、あの子はいつも孝次郎さんの作ったお菓子を食べてるからね。私は孝次郎さんと日がな一日お菓子を作ってんだから、家でもどうしても孝次郎さんの話が多くなるのさ」

「俺だって恋桜を――」

「あれ一つきりじゃあね。それにあの子の一番は斑雪だもの。あの子にとっちゃ二幸堂ってのは孝次郎さんのことなのさ」

「あのなぁ、お七さん。二幸堂ってのはな、光太郎と孝次郎、二人のこうの字にかけてんだ。それでもって店主は俺だ」

「はいはいはいはい。まったく光太郎さんは、時々大人げないんだから……」

「ちぇっ」

形ばかりだろうが拗《す》ねて見せた光太郎へ、孝次郎は言った。

「彦がそんなに鶉を気に入ったんならよ、ここは一つ、卵の形をした押し菓子でも作ってみねぇか？」

「押し菓子？」

「型で押した菓子のことさ。彦みたいな小さい子供や、年寄りにも食べやすいように、砂糖より口溶けのいい三盆糖の干菓子はどうかと思うんだが……」

「そりゃいいな。干菓子なら遠方の客にも土産にしてもらえるしな」

「そこでまず、兄貴には菓子の型を――」

孝次郎が言い終える前に、光太郎が胸を叩いた。

「よしきた！　俺に任せとけ！」

「ああ……頼んだぜ、兄貴」

「おう！　となると卵だけじゃつまらねぇな。鶉の型も一緒に彫るか」

「おい、兄貴。あんまし細けぇ細工は……」

「判ってる、判ってる。そうと決まったら、今日はお七さん、店番を頼んだぜ」

「え？」

「俺はちょいと出かけて、型作りに入り用なもんを見繕ってくらぁ」

「ちょ、ちょっと光太郎さん」

七は慌てたが、孝次郎は諦めの境地で頷いた。

光太郎は一旦二階に上がり、支度を整えると、すたこらと店を後にした。

「あーあ、行っちまったよ……」

「わりぃな、お七さん」

七に店先に立ってもらい、板場に戻ると、暖簾口に光太郎の矢立《やたて》が落ちていた。

失くさぬうちにと矢立を持って二階に上がると、彫刻刀でも確かめたのか、道具箱も半分開いたままになっている。

「しょうがねぇな」

「しょうがねぇな……」

苦笑しながらもう一度つぶやき、孝次郎は道具箱に手を触れた。

あの火事の日に光太郎が抱えていた、今は父親の形見でもある道具箱だ。仕事道具ゆえに、勘太郎からはずっと触らぬように言いつけられていた箱である。

静かに蓋を取ると、巻いた皮が三つ入っていた。広げてみるとそれぞれに使い込まれた彫刻刀やら、錐《きり》やら、やすりやらが収まっている。

箱に戻そうとして孝次郎は、中にまだ薄汚れた紙包みがあることに気付いた。

手のひらに乗せ、そうっと紙を広げてみると、微かなきな臭さが鼻をつく。

黄ばんで擦り切れた紙の中から現れたのは根付だった。

職人技にはほど遠いが、寄り添う二羽の鶉が愛らしい。

じわりと、不覚にも涙腺が緩んだ。

これはおそらく、兄貴が俺のために——鶉の死に泣いた弟のために——火事の前に彫ったものに違いない。

だがあのように火傷痕をからかわれていた俺を見て、渡せずに仕舞い込んだのではなかろうか……？

「孝次郎さーん」

下から七の声がして、孝次郎は潤みかけた目を瞬いた。

急いで根付を包み直し、元通りに箱に仕舞って蓋を閉じる。

兄貴は……兄貴は、本当にこれでよかったんだろうか？

——俺はおとっつぁんの跡を継いで、神田一の根付師になるんだからよ——

番屋で大見得《おおみえ》を切ったあの日の光太郎の声が聞こえた気がして、孝次郎は下りてきたばかりの段梯子《だんばしご》をじっと見上げた。

——俺にだって秘めた恋の一つや二つ——

そんな声も思い出されて、いたたまれずに店に戻る。

今になって、己がいかに兄を知らぬか思い知った孝次郎であった。

養生《ようじょう》なつめ

篠 綾子

一

秋も深まりつつある八月十日の朝、なつめは大休庵《だいきゅうあん》の庭に植えられている棗《なつめ》の木の前に立っていた。

両手をそっと合わせて、頭《こうべ》を垂れる。

この木の前に立つと、自然とそうせずにはいられなかった。

亡き母も京の屋敷で育てていた棗の木。体によいとされる棗の実は、懐妊中の母を助け、やがて生まれた娘の名ともされた。

（父上、母上、そして、兄上――）

棗の木の前で手を合わせながら、なつめは亡き父母と行方《ゆくえ》知れずの兄のために祈った。

（私は了然尼《りょうねんに》さまに見守られ、健《すこ》やかに暮らしております。ですから、父上と母上はどうか兄上をお見守りくださいませ。そして、いつか兄上と私が再びめぐり会えますよう、お力をお貸しくださいませ）

その時は、昔、皆で食べた餅菓子〈最中《もなか》の月《つき》〉を、兄と一緒に味わいたい。

その思いから、なつめは今、駒込千駄木坂下町《こまごめせんだぎさかした》の菓子舗《かしほ》照月堂《しょうげつどう》で子守の女中をしながら、いつの日か、菓子作りの修業をさせてもらえる日を待ち望んでいる。

いつか、兄と再会し、一緒に食べる最中の月がなつめ自身の作ったものであれば、この上ない仕合せだ。そして、その兄と一緒に、亡き父母の墓に最中の月をお供えすることができたなら――。

それが、今のなつめのいちばんの願いであった。

江戸へ引き取られて以来、ただの一度も墓参りをしていない親不孝が、胸に重く伸《の》し掛かっている。だが、今の自分には一人で京へ行くことなどできない。だから、せめて今は、母の思い出とつながる棗の木の前で、手を合わせていたかった。

そして、この木は、親を喪《うしな》ったなつめを引き取り、導いてくれる了然尼の慈《いつく》しみのこもったものでもある。江戸に来た時、ほとんど口も利けなかったなつめのため、この木を大休庵に植えて、亡き母のことを教えてくれたのだ。

その時はまだ若木で、花も咲かなかった棗の木も、数年後には実をつけるようになり、今年の夏も黄白色《こうはく》の花を咲かせていた。

なつめはそっと目を開けた。

緑葉と緑葉の隙間に、いくつかの実が見える。まだ赤色が薄く熟《う》れ切っていないものもあるが、中にはもう収穫してもよさそうな実もあった。

なつめはその一つに、そっと手を伸ばす。

「もう実を穫《と》ってもええ頃どすなあ」

後ろから、はんなりと柔らかな京ことばが聞こえてきた。

「了然尼さま」

なつめは振り返って、身を少し横へ退けた。

「まだ出かけはってなかったんどすなあ」

了然尼はなつめの隣に立ち、目をじっと棗の木に向けたまま言った。

「はい。出かける前に、この木に挨拶をしようと思いまして」

毎朝というわけではないが、ここで手を合わせているなつめの行動を、了然尼はとうに気づいていたのかもしれない。

「去年までは、なつめはんと一緒に実を穫ってましたけど、今年は難しいかもしれまへんなあ」

昼間のうちにお稲《いね》はんと一緒に穫っておきまひょ——と告げた後、了然尼はつとなつめに目を向けた。

「せやさかい、初めの一つは今ここで、なつめはんが穫ったらどないどすか」

了然尼の目が優しく瞬《またた》いている。この秋の最初の実りを、なつめに収穫させてあげようという了然尼の心遣いに、なつめは胸が熱くなった。

「ありがとうさんでございます」

そう言いながら、つい手を合わせてしまった。少し大袈裟《おおげさ》に過ぎたかもしれないとなつめが思うのと同時に、了然尼の口もとから、ほほっと上品な笑い声が漏れた。

なつめは先ほど手を伸ばした暗赤色《あんせきしょく》の実を一つもぎ取り、それを了然尼の小さな掌にのせた。了然尼はその実を大切そうに両手で包み込み、なつめにそっとうなずき返した。

その日、なつめが照月堂の庭の枝折戸《しおりど》をくぐると、井戸の近くに安吉《やすきち》がいた。少し前まで、上野の菓子舗氷川屋《ひかわや》の職人見習いだった安吉は、照月堂の住み込みとなって、日がまだ浅い。

主人久兵衛《きゅうべえ》の下で修業をしているのだが、間もなく売り出す月見団子作りを任されたというので、近ごろ張り切っていた。

近くには、なつめが世話をしている郁太郎《いくたろう》と亀次郎《かめじろう》の兄弟もいたので、

「郁太郎坊ちゃん、亀次郎坊ちゃん、おはようございます」

まず子供たちに挨拶してから、なつめは安吉に声をかけた。

「安吉さんもお早いですね」

「ああ、おはようさん」

応じる安吉の声は浮かれている。

(何かいいことがあったのだわ)

知り合って間もないが、安吉の性質《たち》は大体分かっている。根は素直で単純なのだが、いかんせん調子に乗りやすいのが難点であった。

「今日から本式に団子を作り始めるんだ」

なつめが何も訊《き》かぬうちから、安吉は得意げな口ぶりで告げた。

五日後の八月十五日は、中秋《ちゅうしゅう》の名月が見られる日。

月見の風習は古くからあるが、昔の宮中で、この月見の宴《うたげ》に丸い餅が供された。まるで満月そのもののようなこの白い丸餅を、やがて〈最中の月〉と呼ぶようになり、今でもこの菓子は売られている。

ところが、京ではふつうに手に入るこの餅が、江戸では売られていない。江戸に

も〈最中の月〉という菓子はあるのだが、まったく別の丸い煎餅《せんべい》がそう呼ばれていた。

なつめは江戸へ来てから、元祖〈最中の月〉を探し続け、ようやく見つけたのがこの照月堂だったのである。

由来からすれば、丸餅の〈最中の月〉は中秋にこそ食べる菓子なわけだが、近ごろは月見団子を食べる家が多い。

照月堂では、二日前の十三日から月見団子を売り出すことにしており、その数日前から予約を受けつけていた。

そこで、ここ二日ほど、その試し作りをしたという。

今まで――というのは氷川屋での修業時代も含めてだが――団子を拵《こしら》えたことのない安吉は、久兵衛に一から教え込まれたらしい。

「筋がいいって、旦那さんから言われたんだ」

安吉は胸を張って言う。

「粉と水を混ぜたのはお父つぁんで、安吉お兄ちゃんは団子の形に丸めただけなんだよ」

傍らから、亀次郎がなつめにささやいた。

「こら、坊ちゃんは余計なこと言わなくていいんですよ」

安吉が怖い顔をしてみせたが、亀次郎は怖がるどころか平然としている。

「でも、安吉お兄さんは団子を丸める筋がいいって、お父つぁんが言ってたのは本当だよ」

安吉を励まそうというつもりなのか、今度は郁太郎が口を添える。

「団子を丸める筋……ですか？」

それは一体どんな筋なのか、と訊き返したいところだ。すると、安吉はむきになって口を開いた。

「団子を丸めるのだって大変なんだよ。やったことのないもんには分からないだろうけど」

何気ない一言が、なつめの胸に引っかかった。安吉に悪気はないのだろうが、厨房《ちゅうぼう》にも入れぬ身には、団子を丸めるのだってうらやましいのだ。

菓子作りは男の職人がするもの——という久兵衛の方針は、はっきりしていた。子守の女中としてならば雇うと言われ、それでも照月堂という菓子舗の中で日々を送ることに意義を感じたなつめは、それを承知したのである。

その後、少し前まで照月堂にいた職人辰五郎《たつごろう》と力を合わせ、売れ行きの落ちていた餅菓子〈最中の月〉を新たな菓子〈望月《もちづき》のうさぎ〉として生まれ変わらせる工夫をしたなつめは、もしも〈望月のうさぎ〉の売れ行きがよければ、厨房に入れることも考えようとまで、久兵衛から言われたのだが……。

「ところで、安吉さん。望月のうさぎについて、何か聞いていませんか」

なつめは話を変えて、安吉に尋ねた。

「ああ。それについちゃ、番頭さんが旦那さんに数を増やしたらどうかって話してたのを、耳に挟んだぜ」

安吉は訳知り顔になって答えた。

どの菓子をどう売っていくか、それを考えるのは久兵衛と番頭太助《たすけ》の役目で、もちろん安吉は口出しなどできない。それはなつめも同様だが、久兵衛の父で今は隠居の市兵衛《いちべえ》は、お目付け役として進言することができる。そして、この市兵衛こそ、なつめの菓子への思いを知り、ひそかにその後押しをしてくれる人でもあった。

——ほんの数日前のこと。

「中秋に合わせて、『お月見には望月のうさぎをどうぞ』と、お客さまにお勧めすることはできませんか」

なつめは市兵衛にそう相談してみた。

「そりゃあ、いい考えだね」

うなずきながら、顔をほころばせた市兵衛は、番頭の太助に話してみようと言ってくれたのである――。

それがどうなったのか気になっていたが、どうやら市兵衛から太助へ、太助から久兵衛へとその案が伝わったらしい。

「でも、あんまりうまくねえみたいだ」

続けて口に出された安吉の報告に、なつめは気落ちした。

何でも、月見団子の予約をする客に「望月のうさぎもご一緒に」と勧めてみても、

「月見といやあ、やっぱり団子じゃないとねえ」

ほとんどのお客はそう言って、団子に加えて、望月のうさぎを注文しようとはしないらしい。

「お団子はお団子として食べるとしても、他に望月のうさぎがあってもいいでしょうに……」

なおもあきらめきれず、なつめが言うと、

「それが、旦那さんによれば――」

と、断った後で、安吉はいささか得意げに続けた。

「団子は米を挽《ひ》いた粉から作ってるから、わりにたくさん食べられるが、望月のうさぎは糯米《もちごめ》を搗《つ》いて作ってるから、腹に重たいんだ。それもあって、お月見は団子だけでいいってことになっちまうらしい」

結局、望月のうさぎは売れ行きを見つつ、数を決めていくこととなったそうだ。

「それよりさ」

なつめの沈み込んだ内心には気づかないのか、安吉はさらっと話題を転じた。

「俺の〈大安大吉飴《たいあんだいきちあめ》〉も、旦那さんが味や見た目を調《ととの》えてくれてるとこなんだ。十五夜の後、いよいよ俺の飴を売り出すってことになるかもしれねえぜ」

大安大吉飴は、安吉が照月堂に入る前、その腕を試されて拵えたものだが、久兵衛は売り方まで考えろと注文をつけた。その際、菓銘《かめい》を考えたのも、飴を入れる袋を作ったのもなつめだというのに、人の手助けは都合よく忘れている。

あれは、すべて自分の手柄だとでも思うのか、大安大吉飴を「俺の飴」と言う安吉の言いぐさに、なつめは言葉もなくあきれた。

そして、これはとても意外なことであったが、どうやら久兵衛と安吉はうまくやっているようなのだ。

気難しいところのある久兵衛と、言い訳が多くお調子者の安吉は、数日と経《た》たずに衝突するのではないか。これはなつめばかりでなく、照月堂の隠居市兵衛や、安吉を仲立ちした辰五郎の懸念でもあった。

だが、安吉は久兵衛の前では言い訳をしないらしい。口答えはおろか口を挟むこともなく、久兵衛の教えに黙って耳を傾けているという。

（このままだと、私はいつまで経っても厨房に入れないかもしれない）

なつめの気分は、朝から浮かなくなってしまう。

その後、安吉は桶《おけ》を手に厨房へ戻っていったので、なつめは子供たちと一緒に仕《し》舞屋《もたや》へ入り、いつものように手習いなどをしながら一日を過ごした。その間も、望月のうさぎのことは気にかかっていたが、久兵衛や太助が知恵を絞っても思いつかないことを、なつめがたやすく考え出せるわけもない。

そのまま夕方になり、久兵衛の妻のおまさに挨拶して帰ろうとしたなつめは、

「少し待っててちょうだいな。安吉さんが持ち帰ってほしいものがあるからって」

と、呼び止められた。

庭に面した縁側で、しばらく雑談しながら待っていると、やがて厨房から安吉が

現れた。

「なつめさん、これ持って帰ってくれよ」

と言って、安吉は紙の包みを差し出した。

「俺が作った団子なんだ」

鼻の穴を膨《ふく》らませながら、安吉が言うのに続けて、

「あたしたちは後で食べさせてもらうんだけど、なつめさんは一緒に食べられないから、お家で食べてちょうだい」

と、おまさが付け加えた。

「えっと、適当に包んじまったけど、お父つぁんとおっ母さんの分くらいはあると思うからさ」

安吉が渡してくれた包みは、けっこう重い。おそらく十個以上は入っているのだろう。

「私には親も兄弟もいませんから、これだけあれば十分です」

なつめの返事に、安吉は不意を衝《つ》かれた表情を見せた。なつめの暮らしぶりを知っているのは市兵衛だけで、おまさにも安吉にも何も話していなかった。

「それじゃあ、なつめさんは誰と暮らしているんだい？」

「親戚の尼さまが引き取ってくださったので、その方と二人で。でも、世話をしてくれる住み込みのご夫婦がいるから、一緒にいただきます」

「そうか。なつめさんも大変だったんだな」

安吉がめずらしく他人を気遣う言葉を吐いた。

なつめはどう返事したものか迷った。

二親が亡くなってから了然尼に引き取られるまでは、確かに大変だったが、江戸へ来てからの暮らしは平穏そのものだったのだ。だから、気遣われると申し訳ないくらいなのだが、安吉からいたわられるのは悪くない気分だった。

「今度はもっとすげえもんを作って、なつめさんの家の人にも食ってもらえるようにするよ」

安吉はそう言うと、厨房へと走り去っていった。

なつめはおまさにも礼を言って、いよいよ帰ろうとしかけたが、その時、おまさの顔色があまりよくないことに気づいた。

「おかみさん、どこかお具合でも――?」

なつめが不安そうな声で訊くと、

「そんなことありませんよ」

暗いからでしょう――と何でもない様子で切り返された。だが、元気な声を出してはいるものの、やはり顔には疲労の翳《かげ》りが見える。

子供たちの面倒はなつめが見るようになったとはいえ、他の女中なしで家を切り盛りするのは大変なはずだ。安吉も住み込みで入ったわけだし、前の職人辰五郎のように気働きができるとは思えないから、おまさの負担が増えているのではないか。

「あまりご無理をなさいませんように」

そう言い添えて、なつめは頭を下げ、歩き出した。

おまさのために、何かできることはないだろうかと思いめぐらしながら、庭の枝折戸を出る。

ふと空を見上げると、半月と満月の中間ほどの月が浮かんでいた。

望月まであと五日だと、指折り数えながら思っていると、銀白色に輝く月はどことなく搗きたての餅のように見えてくるのだった。

二

了然尼はもともとなつめと同じく大の菓子好きで、茶席の主菓子《おもがし》にもくわしい。なつめが照月堂の女中となってからは、店の菓子を持ち帰るので、すでに了然尼もその味に馴染《なじ》んでいた。

どの菓子を口にしても、

「照月堂の旦那はんは、立派な腕をお持ちなのやなあ」

と、了然尼は満足そうに目を細める。

久兵衛が褒《ほ》められるのを聞けば、なつめも嬉《うれ》しい。

「照月堂の旦那さんの本領は茶席用の主菓子なんです。本当はそういう主菓子をもっと食べていただきたいのですけれど……」

「茶席の菓子でも、気軽につまめる菓子でも、作る人の技と心がこもったものはおいしいのやと、わたくしは思います。せやから、望月のうさぎやお饅頭《まんじゅう》でも、照月堂の旦那はんの技と心はよう分かりました」

穏やかな口ぶりで言う了然尼の言葉を、ぜひ久兵衛に聞かせたいと思う。

市兵衛によれば、久兵衛は京で修業をした折、その雅《みやび》な風情に心惹《ひ》かれ、京の文化への憧れを強く持ったらしい。そのため、御所《ごしょ》に仕えたこともある上、歌人としても名の知られた了然尼のことを尊敬しているという。

だから、了然尼となつめのつながりを知れば、なつめの希望に合わせて職人の修業をさせてくれるかもしれないのだが、それはなつめの本意ではない。そのため、なつめが了然尼の許《もと》に身を寄せていることは、市兵衛と相談の上、久兵衛には内密にしているのだが……。

（私が正式に照月堂の職人になれたら、その時こそ、了然尼さまのことも打ち明けよう）

なつめはそう心に決めていた。

そして、八月十日のこの日――。

なつめの持ち帰った月見団子を目にした了然尼は、少女のような笑顔を見せた。

「ほな、満月には少し早いけど、今宵《こよい》はお月見をいたしまひょ」

了然尼は言い、夕餉《ゆうげ》の後、茶を点《た》ててくれた。

茶室で用意した茶を縁側に運び、そこで月を眺めながら、団子を食べる。団子は十二個入っていたので、正吉《まさきち》とお稲夫婦の分を取り分け、了然尼となつめも三つずつ分け合った。

「月見団子はやはり、満月の形を模しているのでしょうか」

なつめは半月よりやや膨らんだ月を眺めながら、何気なく了然尼に訊いた。

今まで取り立てて考えてみたこともなかったが、そうなると、月見団子は最中の月と同じ由来である。いずれも満月の形から生まれた菓子なのだから。

その時、何かが心に引っかかった。何か、大事なことを見落としている、あるいは、忘れてしまっている、とでもいうような――。

「江戸の月見団子は丸いからそうなんやろな。けど、京では違いましたやろ」

了然尼からそう言われ、なつめは思わず「えっ」と小さな声をあげていた。

京に暮らしていた頃、月見団子を食べたことはよく覚えていなかった。なつめの戸惑った表情に気づいた了然尼は、

「京の月見団子は、里芋のような形をしているんどすえ」

と、続けた。

「里芋――？」

「そうや。秋の収穫を感謝する気持ちを込めたのやろなあ」

そう言われた時、細長くいびつな形をした団子の形が脳裡《のうり》に浮かんだ。

べ。

――お月見の団子や。なつめは夜中まで起きてられへんさかい、今ここでお食

そんな母の言葉を聞きながら、団子を食べた時の記憶も、同時によみがえった。

どうして忘れていたのだろう。最中の月のことは、あれほどはっきり覚えていたのに――。

だが、それも無理のないことだったかもしれない。

最中の月は何度も食べていた上、丸い形から月を連想しやすかったが、里芋の形をした団子は月見と結びつかなかったのだ。

「そうしてみると、今宵の月は京の月見団子の方に近い形をしておりますね」

なつめは昔のことを穏やかな気持ちで思い出しながら、一つ目の団子を取って懐《かい》紙《し》で包んだ。その時、団子の形が少しいびつであることに気づいた。

（団子を丸める筋がいいとか、大きな口を叩《たた》いておきながら、安吉さんときたら、これなんだから――）

なつめは了然尼の手前、恥ずかしくなった。が、了然尼はすでに一つ目の団子を口に入れ、懐紙で口もとを押さえながら、ゆっくりと味わっているようだ。

その顔に浮かぶのが、満月のように満ち足りた表情であったので、なつめはほっ

とした。

なつめも一つ目の団子を口に入れた。形はいびつでも、味は確かにおいしい。望月のうさぎに似て、ほのかで上品な甘みがある。

久兵衛が作ったものならば、上質の砂糖も少しは使っているのかもしれない。

米を挽いた粉で作った団子は、望月のうさぎに比べて粘り気が少なく、するりと喉を通っていく。餅菓子よりも、腹の感じる負担は少なく、確かにたくさん食べられそうだ。

「江戸のお団子が少しつぶれているのにも、謂《いわ》れがあるんどすえ」

二つ目の団子を食べ終えた了然尼が、茶碗を手にしながら告げた。

（つぶれているのに謂れが――？）

すると、形がいびつだったのは、安吉の失敗というわけではなかったのか。

「真ん丸やと、亡《の》うなった人にお供えする枕団子と同じやさかい、月見団子は形を崩すのや」

黙っているなつめに、了然尼はそう教えてくれた。

なるほど、それならば、このいびつな月見団子はそういう意図で作ったのかもしれない。

しかし、念のため、明日にでも安吉に確かめてみようと、なつめは心に留めた。

「照月堂はんで過ごす日々は、楽しゅうおますか」

なつめが茶を一口飲んだ後、了然尼が尋ねた。

「はい。まことに――」

なつめは考える間《ま》も置かずに答えた。

「あれからひと月半。今のところ、菓子作りはさせてもらえんということどしたな。そなたのことゆえ、すぐに心移りしてしまうのやないかと思うてましたけど……」

「心移りも何も、私はまだ厨房にも入れず、菓子作りのいろはさえ知らないのです」

「そのいろはさえ覚える前に、心移りするのやないかとわたくしは思うてたのや。これまでのそなたはそうどしたからなあ」

それを言われると、了然尼と目を合わせるのも恥ずかしい。

「せやけど、今は思い通りにいかへんのに、逃げ出そうとは思わへんのやな」

「思い通りにならないからこそ、かえってしがみついているのかもしれません。見苦しいかもしれませんが」

「何を言うてるのや。すぐ次のもんに心移りしてたこれまでより、今のなつめはんの方が凜々《りり》しゅう見えますえ」

「凜々しいなんて。むしろ、私は新しく入った安吉さんが先へ進んでゆくのを見て、うらやんだり焦ったり。そんな自分を女々《めめ》しいと思っておりますのに……」

「なつめはん」

なつめのいつにない弱気な呟《つぶや》きが、庭の闇に吸い込まれてゆくのを待っていたかのように、了然尼が口を開いた。

「行灯《あんどん》をこちらに引き寄せてから、紙と筆を持ってきてくれませぬか」

「かしこまりました」

なつめは立ち上がって、まず障子の裏に置いていた行灯を縁側へ持ち出した。それから、墨を磨《す》った硯箱《すずりばこ》と筆、それに巻紙を用意して、縁側へ戻ってきた。

「ありがとうさん」

了然尼は巻紙を受け取ると、筆を執ってさらさらと何かを書きつけ始めた。書き終えると、それをなつめに差し出して、読んでみるようにと言う。


あぢきなし嘆きなつめそ憂《う》きことに　あひくる身をば捨てぬものから

巻紙に書かれているのはそれだけだった。

「これは……？」

和歌であることは分かるが、なつめの知らぬ歌であった。

「どないな意味か、分かりますか」

了然尼から問われ、なつめは再び目を紙に戻して考えた。「あぢきなし」とはつまらないというような意だろうか。「嘆きなつめそ」は思いつめて嘆くな。「憂きことにあふ」はつらい目に遭う、という意だから――。

「つまらないことだから、思いつめて嘆くのをやめなさい。つらい目に遭ったその身を捨てもせずにいながら――というような意でしょうか」

つまり、了然尼は思い通りにいかなくても、嘆くなと言いたいのだ。なつめがそのことを口にすると、

「それもありますけど……」

了然尼はふふっといたずらっぽく、それでいて上品に笑った。

「この歌の中には、あるものが隠されてますのや」

「あるもの、ですか……？」

なつめは途方に暮れた。

「菓子にも関わりのあることどすえ。菓子と言うても、水菓子やそれを干したもんの類《たぐい》どすが……」

了然尼からそう言われて、なつめはもう一度、紙に書かれた了然尼の達筆に目をやった。

(菓子……水菓子の名前かしら)

そう見当をつけて読んでいけば、また別の見方もできる。

(あぢきなし――あっ、「梨」だったんだわ)

すぐに一つ見つかった。さらに、すぐ次の一つも、「あひくる身」から「胡桃《くるみ》」と分かった。

そして、そういう目で読んでいけば、最後の一つはあきれるくらい簡単だった。むしろ、そのことに気づかなかった自分が恥ずかしい。

「分かりましたか」

と問う了然尼に、なつめはうなずいた。

「梨、胡桃、そして、棗《なつめ》でございますね」

最後は「嘆きなつめそ」の「棗」である。

「この歌は、隠し題でございましたか」

なつめの言葉に、今度は了然尼がうなずいた。

「さよう。『古今和歌集《こきんわかしゅう》』に載っているものどす」

了然尼から教えを受け、一度は了然尼のように歌を作りたいと思ったとはいえ、なつめは『古今和歌集』千百首を覚えてなどいなかった。いや、歌詠《うたよ》みになりたいのなら、まずは『古今和歌集』を読むことだと言われ、三百首めを読んでいたあたりで、他のものに目移りしてしまったのだ。

「実は、今日、本郷にお暮らしの戸田《とだ》さまがお見えになったのですよ」

突然、了然尼が話題を変えた。

戸田さまというのは、戸田露寒軒《ろかんけん》、あるいは茂睡《もすい》などと名乗る老人である。了然尼に負けず劣らずの教養の持ち主で、江戸では歌人としても広く知られていた。

「まあ、戸田のおじさまが？」

なつめの声が明るくなる。おじさまと呼んではいるが、血のつながりはない。了然尼の友であり、歌詠み仲間でもあった。家督を譲った後は屋敷を出て、今は本郷の小さな屋敷に、弟子や雑用をする老人と一緒に暮らしているという。

なつめは、江戸へ出てきてから露寒軒を知ったのだが、他にも深い関わりがある。

なつめの兄慶一郎《けいいちろう》が江戸へ遊学していた折、露寒軒を学問や歌の師匠と仰ぎ、よくその屋敷へ出入りしていたのであった。そのことを知っていたから、なつめも露寒軒になついている。

ただ、慶一郎の姿の消し方がかなり不穏なものであったせいか、あるいは、なつめが京の事件のせいで心身ともに傷ついたことを知っているためか、露寒軒が自分から慶一郎について、なつめに語ることはなかった。

なつめもまた、慶一郎に生きていてほしいとも、再会したいとも願いはしたが、かつての兄のことを——それも、自分の知らぬ兄の思い出をあえて引き寄せようとは、これまで思っていなかった。

とはいえ、兄に縁の深い人だと思えば、なつめは露寒軒が慕わしかったし、それがなくとも、少し風変わりなところのある老学者に敬意と親愛を寄せていた。

「お会いしたかったです」

なつめがひどく残念そうに言った。

「戸田さまもそう申されていましたよ」

了然尼は微笑《ほほえ》みながら言い、露寒軒が屋敷の庭に実った梨を届けてくれたのだと続けた。

「おすそ分けのお礼というわけでもないのどすが、わたくしも今日穫ったばかりの棗の実を差し上げましたのや」

「それで、この歌を思い出されたのでございますね」

「その通りどす」

了然尼は満足そうにうなずいた。

「あまり思いつめて、大事なことが見えなくなるのもつまらぬことどすえ」

了然尼は優しく諭《さと》した後で、

「明日はいただきものの梨を、この庵《いおり》の棗と一緒に、照月堂はんへ届けなはれ」

と、なつめに勧めた。

「はい、そういたします。棗は菓子の材料としても使ってもらえるかもしれません。梨は……水気が多くて難しいかもしれませんが……」

なつめが言うと、了然尼は笑い出した。

「梨はそのままいただいてもおいしゅうおますし、棗は薬にしてもよろしいやろ。わたくしは菓子に使《つこ》うていただくためにお持ちせよ、と申したわけやありまへんえ」

了然尼から言われて、なつめは一瞬後、口もとに袖を当てて笑い声を上げた。

「ほんとうに……。私ったら、何でもかんでも菓子につなげてしまっていたのですね」

薬といえば、おまさの顔色の悪さが思い出された。疲れた体の快復に、棗は効くのではないか。

空には、十日の月がそろそろ中天に差しかかろうとしている。縁側に置かれた二つの皿には、ほんの少しいびつな月見団子が合わせて三つ残っていた。

三

翌十一日の朝、照月堂へ出かける前、棗の木の前で手を合わせたなつめは、いつものように兄の無事を祈った後で、

（この棗の実を、照月堂さんにお届けしたく存じます）

と、付け加えた。

（照月堂のおかみさんのお加減が、この棗のお蔭《かげ》で持ち直しますように――）

そう祈った後、梨と棗を包んだ風呂敷を抱えて、なつめは照月堂へ向かった。

「何てまあ、立派な梨の実だこと。それに、棗なんてなかなか手に入らない貴重なものを」

風呂敷を開けたおまさは、その中身を見るなり、明るい声を上げた。そのせいか、顔色までも少しよくなったようであるが、よく見れば積もった疲労の翳りは残っている。

「なつめって、なつめお姉ちゃんのこと？」

おまさの腰の辺りには、亀次郎がまとわりついていて、暗赤色の皺《しわ》の寄った木の実と、なつめの顔を交互に見比べながら、不思議そうな顔をしている。

「棗っていうのは、この実のことだよ」

郁太郎が弟に説明した。

「でも、これはお薬なんだよね。前に、おいらが風邪をひいた時、おっ母さんがお湯に入れて飲ませてくれたよね」

「そうそう、よく覚えているねえ、郁太郎は」

おまさは嬉しそうに目を細めて、郁太郎を見つめた。その後、

「梨はこのままいただくけれど、棗の実はやっぱり干しておくのがいいんでしょうねえ」

と、なつめに目を戻して尋ねる。

「ええ。干してからお茶にしたり、蜜《みつ》に漬けたりするのが、よくある食べ方ですが……」

そう言いながら、それではこの棗がおまさの口に入るまでには時がかかってしまうということに気づいて、なつめは己《おのれ》の迂闊《うかつ》さを恥じた。おまさには少しでも早く棗を食べてもらいたいのに……。

大休庵では毎年のように、棗の蜜漬けを作っていたし、お茶にしたものも保存されている。たぶん、まだ昨年のものが残っていたはずだ。明日は、了然尼の許しを得た上で、それをおまさのために持ってこようと、なつめは胸に刻み込んだ。

そうして梨と棗をおまさに託した後、なつめはその場にいた子供たちを連れて、手習いをする二階の部屋へ向かった。

最近は亀次郎も観念したのか、少なくとも決められた間はきちんと机の前に座り、絵ではなくて字を書くようになった。

今日はその亀次郎の手本に、「なし」「くるみ」「なつめ」と書いてやる。

「なつめお姉ちゃんだー」

亀次郎は手本の中になつめの名が入っていることに喜んで、さっそく練習を始めた。

　一方、郁太郎の手本には、昨日、了然尼から教えてもらった歌を書いた。

「これは、歌というものです。五、七、五、七、七の区切りがあるんですけれど、分かりますか」

　と、郁太郎に尋ねてみると、歌留多《かるた》で見たことがあるという。

　郁太郎が歌の意を訊くので、なつめはそれに答え、ついでに梨と胡桃と棗が隠されていることも説明した後、ひらがなばかりで書かれたその歌を書き写すよう指示した。

　郁太郎は言われた通り、その後は熱心に手本を書き写している。

　子供たちの字の具合を、時折見てやりながら過ごしているうち、いつの間にか、店を開ける頃合いになっていたらしい。

　それから、もうしばらくすると、安吉が裏の仕舞屋の方に現れた。

「なつめさん、いるかい？」

　おまさに聞いたのか、なつめたちのいる二階の部屋を探し当てて、安吉はやって来た。

「安吉お兄ちゃん」

さっそく遊び相手が現れたと、亀次郎が筆を投げ出した。どうやら、手習いにもそろそろ飽き始めてきていたようだ。

「ちょいと待ってくれ、坊ちゃん。今は忙しいんだ」

いつになくそっけない安吉の態度に亀次郎は膨れたが、安吉はかまわずになつめに目を向けた。

「番頭さんが急いで店の方に来てくれって言ってる。おかみさんにはさっき下で会った時、俺の方から知らせておいた」

安吉がそう言うので、なつめは急いで階段を駆け下り、いったん裏庭へ出た。店の裏口から中へ入り、厨房ともつながった廊下を通って、店の表の方へ向かう。

「番頭さん、私をお呼びと伺いましたが……」

暖簾《のれん》から顔を出すと、

「ああ、なつめさん。待っていたよ」

と、太助が救われたような顔で言った。

何事かと思いながら、同時に店の中を見回すと、客が一人いる。その客の顔を見るなり、なつめは太助の前であることも忘れて、驚きの声を発していた。

「戸田のおじさま！」

「やはり、ここにいたのじゃな」

客の老人が深みのある声で言い、なつめに穏やかな顔を見せる。

客は昨日、大休庵に了然尼を訪ねた戸田露寒軒であった。

なつめは梨の礼を言い、昨日は会えなくて残念だったと挨拶した。

「いや、そなたが毎日、駒込の菓子屋へ通っていると聞いたので、それならばいっそ店を訪ねてみようと思い立った。わしの悪友が菓子に目がないのでな。まあ、ついでに買っていってもよいと思うておる」

「ようこそおいでくださいました。番頭さん、今日のお勧めのお品を教えてください」

なつめが太助に目を向けて尋ねると、太助は慌てた様子で「いやいや、なつめさん」と手を横に振った。

「戸田さまのようにご高名なお方を、お立たせしたままというわけにはいきません。お暇がおありでしたら、どうか座敷の方へ上がってくださいまし。茶菓のご用意もいたしますし、何より、手前どもの主《あるじ》久兵衛より、ぜひともご挨拶させていただきとう存じます」

太助がこれ以上はできないというくらい、謙《へりくだ》った物言いをすると、露寒軒は

「さようか」とまんざらでもなさそうな顔つきになった。

「それ、なつめさん。戸田さまをご案内してくれ」

太助から促され、なつめは露寒軒を奥の座敷へと案内した後、厨房へ向かった。

久兵衛はすでに安吉を通して、事を聞かされていたらしい。なつめが戸を開けるなり、

「戸田露寒軒さまがお越しなされたというのは、本当か」

と、久兵衛が険しい顔で訊いた。

「はい。ところで、旦那さんは戸田さまのことをご存じなのですか」

いつになく緊張した久兵衛を不思議に思いながら、なつめが問うと、

「無論だ」

と、久兵衛はややかすれた声で答えた。

「歌詠みとして知られていらっしゃるが、ご本も出しておられるからな。江戸にお住まいとは知っていたが、お会いしたいと願ったところで、たやすくお会いできるお方でもない。そのお方がこの照月堂に足を運んでくださるとは――」

久兵衛は長年の友、いや、長年離れていた主君に再会するかのような、感極まった様子でしゃべっている。

やや大袈裟な――とは思ったが、なつめとしても、昔からよく知る露寒軒が、こうも大事に思われていると知って悪い気はしない。

「戸田さまはただ今、お座敷の方へお通しいたしました。茶菓のご用意はどういたしましょうか」

なつめが言うと、久兵衛はいつになく慌てふためき、「おお」と言った。

「生憎《あいにく》、今日は主菓子を作っていない。戸田さま相手に、餅や団子をお出しするわけにもいくまい」

困惑した様子の久兵衛を前にした時、なつめの頭にあることが閃《ひらめ》いた。

「それでしたら、望月のうさぎをお出しするわけにはまいりませんでしょうか」

味については申し分ないものだし、思い入れの深い菓子を、ぜひとも露寒軒に味わってほしかった。

「しかし、餅菓子では失礼ではないだろうか」

「餅菓子といっても、ただの丸餅ではなく、形に工夫がございますし、見た目も楽しんでいただけると思います。それに、戸田のおじさまは、出された菓子の格で、人を見るようなお方ではありません」

なつめがさらに熱心に勧めると、久兵衛もその気になったらしい。

「なら、望月のうさぎにするか。まだ店に出す前のが厨房にあったはずだ。安吉、お前、あの中から特に形のよい品を選んで——」

と、そこまで言った久兵衛は「いや、やはり俺が選ぶ」と言い直して、自ら厨房の奥へ戻った。茶を淹《い》れる道具も厨房に用意されているというので、なつめはそこで茶の仕度《したく》をすることにした。

厨房の中へ足を踏み入れるのは、なつめが菓銘をつけた〈辰焼《たつや》き〉作りを見せてもらった時以来のことである。

入った途端、もわっと顔に押し寄せる熱気と独特の甘いにおい——なつめはそれを余さず汲《く》み取ろうとするかのように、目を閉じて大きく息を吸った。この暑さやにおいが苦手な人もいるのだろうが、なつめはむしろ仕合せな気分になる。

いつまでもそうしていたいが、そうもいかず、急いで茶を淹れると、久兵衛の選び抜いた望月のうさぎを、その白さが映えるように黒い陶器の皿に盛った。それから、なつめは久兵衛と一緒に、露寒軒の待つ座敷へ取って返した。

「長らくお待たせして申し訳ございません。照月堂の主、久兵衛と申します」

久兵衛は座敷へ入ると、障子の近くで深々と頭を下げた。

「これは、丁重な挨拶痛み入る。わしは本郷の戸田露寒軒じゃ」

露寒軒はいささかもったいぶった口ぶりで言い、豊かな顎鬚《あごひげ》をおもむろに撫《な》ぜた。

なつめが露寒軒の前に茶碗と菓子を置き、

「これは、主が拵《こしら》えたもので、〈望月のうさぎ〉という餅菓子でございます。どうぞお召し上がりくださいませ」

なつめは露寒軒に菓子を勧めてから、久兵衛の横に座った。

露寒軒は観察するような目で、うさぎの餅菓子を眺めていたが、

「この菓子は何ゆえ、〈望月のうさぎ〉というのか」

と、食べる前にまず尋ねた。

久兵衛がなつめに目を向け、お前が答えるようにと促してくる。そこでなつめは、この菓子が元は京で〈最中の月〉という名で売られていたこと、ところが、江戸では〈最中の月〉といえば丸い煎餅として知られている事情などを話した後、

「そこで、紛らわしさを避けるため、こちらの店では菓銘を変えることになったのですが、それに合わせて見た目も変えたのでございます。と申しても、形も味もほとんど元のまま、ただ表面にほんの少しの細工を加えただけでございますが」

と続けて、説明を終えた。

最中の月――つまり中秋の名月と、望月――満月との関連については、くどくどと説明しなくとも、露寒軒には分かるはずである。

「なるほど、うさぎの形に『もちづき』とは、よう考えられておる」

案の定、露寒軒は菓銘と菓子の見た目の妙に気づいたらしく、感心した様子で呟いたのち、餅を手に取り、ゆっくりと口に運んだ。

「江戸の菓子屋に大した菓子はないと思うていたが、悪うない」

一口食べた後で、露寒軒はおもむろに感想を述べた。

聞きようによっては失礼な言葉であったものの、露寒軒から悪くないと言われただけで、久兵衛は舞い上がってしまったのか、かしこまっている。

「それにしても、この菓子は伝統に従い、中秋の晩に食べるのが似合いのものじゃな」

伝統とは、〈最中の月〉がかつて宮中の月見の宴《うたげ》に供されたことを指しているのだろう。

「ですが、近ごろは皆、お月見には団子を食べるようでございますので」

今度は問われたわけではなかったが、なつめはつい口を出してしまった。

望月のうさぎがまさにこの時期、皆に買ってもらえないことへの無念さが、声ににじみ出てしまう。だが、それは照月堂の抱える悩みでもあったし、露寒軒の考えを聞いてみたいという気持ちもあったのか、傍らの久兵衛に気分を害した様子はなかった。

「ふむふむ。確かに、近ごろは月見団子を食べるのが習いのようじゃな」

露寒軒は、自分もまた、望月のうさぎを食べるまではそう思っていたことに気づかされたのか、顎鬚に手をやりながら、しきりにうなずいている。その後、考え込むように目を閉じた露寒軒は、ややあってから、目を開けるとおもむろに口を開いた。

「確かに、一度習いになってしまったことを覆《くつがえ》すのは難しい。丸い煎餅が〈最中の月〉と呼ばれるようになったのを、昔のあり方に戻すのが難しいように、じゃ。されど……」

息も止めて、露寒軒の言葉に聞き入っていたなつめは、そこで間《ま》を置かれたため、思い出したように深呼吸をした。どうやら、久兵衛も傍らで同じことをしているらしい。

「花は盛りに、月は中秋をのみ見るものかは」

いきなり、露寒軒はひどくもったいぶった口ぶりで、難解なことを言い出した。

だが、その言葉が吉田兼好《よしだけんこう》の手になる『徒然草《つれづれぐさ》』の一節を引き、さらに言い換えていることに、なつめはすぐに気づいた。

もとは「花は盛りに、月は隈《くま》なきをのみ見るものかは」といい、「桜の花は満開の時だけ、月は陰のない時だけを見るものなのか、いや、そうではあるまい」といったような意である。

五分咲きや七分咲きであっても、散り際であっても、花は美しいし、欠けたところのある月だって、雲のかかった月だって見応《みごた》えはある。

つまり、露寒軒は「月は中秋の名月だけではない」と言いたいのだ。

それだけのために、持って回った言い方をしたものだが、隣の久兵衛も露寒軒の言葉の意が分かったのだろう、ひどく感心した表情で、幾度も深々とうなずいている。

そんな久兵衛に、露寒軒もまた満足している様子で、

「月見をするのは中秋でなくてもよかろう。わしとしては、冬の玲瓏《れいろう》たる月もまた、おつなものじゃと思うておる」

と、上機嫌に言い足した。

確かに、澄み切った凍《い》て空に輝く冬の月は、怖いほど美しいことがある。

あるいは、春の朧月《おぼろづき》や、蛍と合わせて見る夏の月にも、魅力がないわけではない。

(望月のうさぎは、秋でなくたって、月見のお供としてふさわしいお菓子になるんだわ)

なつめはそのことに気づかされ、ふっと気持ちが楽になるのを感じた。また、改めて客への勧め方を考えてみようと前向きな気持ちになる。

そんななつめに目を向けながら、

「わしはこのなつめが小さき頃から知っておるが、菓子屋で奉公していると聞いた時には驚いたものじゃ」

と、露寒軒が不意に言い出した。久兵衛は相変わらず、かしこまった様子で露寒軒の言葉に耳を傾けている。

「すでに没落したとはいえ、武士の娘が菓子屋とは、とな。ようあの了然尼殿が許したものよ、と――」

自分のことなので、うつむきながら聞いていたなつめは、話がそこに及んだ時、あっと己の不覚を悟った。

了然尼のことを久兵衛には内密にしているのだと、前もって露寒軒には話していない。事情を知らぬ露寒軒がなつめや了然尼のことを話題に持ち出すのは、当たり前といえば当たり前であった。

「えっ、了然尼さま、ですと？」

久兵衛は初め聞き違いかと思ったらしく、怪訝《けげん》な表情を浮かべた。

「おぬし、了然尼殿とは会《お》うたことがあるのか」

「い、いいえ。直《じか》にお目にかかったことはございません。あの、京で東福門院《とうふくもんいん》さまにお仕えしていた、あの了然尼さまのことでございますよね」

「さようじゃ」

露寒軒の返事から、自分の聞き間違いではなく、世間で評判高いあの了然尼のことだと分かった時、久兵衛の顔は蒼白《そうはく》になった。

「あの見識のある了然尼殿が、娘のように思うておる者を菓子屋へ行かせているというから、どんな店かと思うておったが……」

「戸田のおじさま。私の方から菓子職人になりたいと押しかけたのでございます。ですから、このことは了然尼さまとは関わりございません」

「まあ、この店へ参って、小さい店ながらも、誠実に菓子を作っておることが分かった。それに、茶席の主菓子であれば、教養や学識の使いどころもあろうし、美しいものを見る目も養われよう。これ、菓子屋よ」

何と、露寒軒は久兵衛のことをそう呼んだ。

「は、ははあ」

久兵衛は文句も言わず、かしこまって頭を下げている。

「この娘のこと、しかと頼み置くぞ。なつめはわしにとって大事な友の養い子じゃからの」

なつめが望んでいる菓子職人ではなく、女中として働いていることまでは、どうやら露寒軒の耳には入っていないらしい。もしそれを知れば、ここで久兵衛に何を言い出すか分からなかった――と、なつめはほっと胸を撫で下ろした。

そんななつめの動揺と混乱も、久兵衛の茫然《ぼうぜん》としたありさまも、露寒軒はどこ吹く風である。望月のうさぎを平らげ、言いたいことだけ言ってしまうと、帰ると言い出した。

座敷を出て店の表へ戻った露寒軒は、太助に銭を渡し、うまいものを見繕って包めと命じている。

太助は大慌てで、その日出ていた蒸籠《せいろ》の菓子をすべて数個ずつ包み、露寒軒に手渡した。

「では、達者でな」

　露寒軒は見送りに出たなつめに言い、悠々とした足取りで、本郷の方へと帰っていった。久兵衛と太助も店の外まで見送りに出たが、いつまでも深々と頭を下げている。

　ようやく露寒軒の姿が見えなくなった後、久兵衛は大きな息を吐き出した。

「あの、旦那さん――」

　了然尼のことをきちんと話さなければならないと思うが、久兵衛はなつめに声をかけられたのも気づかぬふうであった。その後もなつめの方を見ようともせぬまま、どことなくおぼつかない足取りで厨房へと戻ってゆく。

　露寒軒が去った後の照月堂は、まるで嵐が通り過ぎたかのようであった。

四

　その日の夕餉の後、久兵衛は市兵衛をつかまえ、話があると切り出した。

「今日、戸田露寒軒さまが店へお越しになられた」

「それは、あの歌人として知られた戸田さまのことかね」

市兵衛はその話に目を丸くしたものの、

「名のあるお方にうちの店を知っていただいたのは、いいことだ。近いうちに、思いがけない客が来ると占いに出ていたが、このことだったか」

と、嬉しそうに付け加えた。

「確かに、戸田さまがお越しくださったのはありがてえ話だ。けど、問題はそこじゃない。戸田さまはなつめの知り合いだった」

「ほう、そうかね」

市兵衛の反応はあっさりしたものだった。二人の関わりを事前に知っているにもかかわらず嘘《うそ》を吐《つ》いている、というふうには見えなかった。

「なつめは戸田さまとお親しい了然尼さまのところにいるそうだ。しかも、没落した武士の娘なんだとか。親父はこのことを知っていたのか」

それまで市兵衛に探るような目を向けていた久兵衛は、急に責めるような声で訊いた。

「な、何。武士の娘だって？」

市兵衛はうろたえた声を出した。

「そりゃ、了然尼さまのことは本人から聞いていた。しかし、おそばにいると言っていたから、弟子か女中なんだとばかり思ってたが……」

「何で、了然尼さまのこと、俺に黙ってたんだ」

「それは、なつめさんと約束したからさ。お前はなつめさんが了然尼さまと縁があると知れば、多少不満でも、なつめさんの願いを聞き入れるに違いねえ。けど、なつめさんはそれじゃいけねえと思ってる。自分の力でお前を認めさせてえと思ったんだよ」

　自分がこの件に肩入れしたくわしい事情は伏せたまま、市兵衛はなつめの気持ちだけを代弁して告げた。その言い分はもっともなので、久兵衛はあえてそれ以上文句を言えない。

　そうして久兵衛が口を閉じた後、市兵衛は話を変えた。

「まあ、この際、それは措《お》くとして、なつめさんが武士の娘だということは私も知らなかった。それじゃあ、なつめさんは了然尼さまの何だっていうんだ」

「娘のように思ってるとか、戸田さまはおっしゃっていたが……」

「なるほど、武家の出ならば、そういうこともあるだろうな」

　市兵衛は納得したようにうなずいた後、

「しかし、没落した家なら、実家から文句を言ってくることもあるまいし、了然尼さまさえ許していらっしゃるなら、そう気にすることはないんじゃないかね」

あっさりと続けた。なつめの出自に驚きはしたものの、久兵衛ほど衝撃を受けているわけでもなければ、困ったことだと思っている様子も見えない。

久兵衛はますます苦《にが》い顔つきになった。

「そういうわけにはいかねえだろう。武士の娘を女中として使ってるなんて知られりゃ、何て不遜《ふそん》な店だと言われかねん。俺はこれから、お武家衆が茶席で召し上がるような主菓子を作っていきてえんだ。その足を引っ張るような真似《まね》をされると困るんだよ」

「別に、私だってなつめさんだって、お前の足を引っ張ろうなんてつもりは、さらさらないがね」

動揺を隠し切れない久兵衛を前に、市兵衛は慎重な口ぶりで言った。

「大体、私の占いからすれば、なつめさんはうちの店の福の神に違いねえんだがなあ」

ふだんは数字から卦《け》を立てる市兵衛の梅花心易《ばいかしんえき》を信じている久兵衛だが、今度ばかりはそのまま受け容《い》れるわけにいかない。無言のままでいると、

「ま、そんなに気になるのなら、了然尼さまをお訪ねして、直にお気持ちを確かめ

てみりゃいいじゃねえか」

市兵衛があっけらかんと告げた。

「了然尼さまをお訪ねするだって！」

そんなことを考えもしなかった久兵衛は、頓狂《とんきょう》な声を上げた。

「そう驚くこともないだろう。同じ駒込の内、大休庵にお暮らしだそうだ。私も中へ入ったことはないが、場所は分かるから、後で地図を描いてやろう」

市兵衛がそう言った時、久兵衛は渋い表情で黙りこくっていた。だが、市兵衛の案に最後まで異を唱えることはしなかった。


翌日、なつめは大休庵で作った棗の蜜漬けとお茶を持って、照月堂に向かった。

昨日のうちに久兵衛と話をしたかったが、露寒軒が帰った後、久兵衛はすぐに厨房に戻ってしまった。その後、なつめが帰る時まで厨房から出て来なかったので、顔も合わせていない。

そして、この日の朝も、久兵衛と顔を合わせることができなかった。

（何とかして、了然尼さまについて黙っていた理由を、お伝えしたいのに……）

おかしなふうに誤解される前に自分の口から説明したいのだが、どうも久兵衛から避けられているような気がしてならない。

昼餉の際は久兵衛も仕舞屋へ戻るので、その時こそ話をしようと待ち構えていたのだが、

「旦那さんなら、昼前にお出かけになられたぜ」

台所の脇で出くわした安吉から、そう教えられた。

久兵衛はこの日売り出す菓子すべてを、朝も早くから昼前までに作ってしまったとのことで、安吉も午後は自分の修業をするように言われているという。何の修業をしたらよいか尋ねたところ、自分で考えろと叱られたらしい。

「俺、せっかくだから団子を作る技を磨こうと思ってるんだ」

団子作りで少し褒められたことに気をよくしたのか、安吉はそんなことを言い出した。

「そう言えば、安吉さん。月見団子って、どんな形に作るんですか」

安吉の丸めた団子がいびつな形をしていたことを思い出して、なつめは何げなく尋ねてみた。

すると、安吉はそんなことも分からないのか、というかのように、ますます得意そうな表情になる。

「月見団子といやあ、満月を象《かたど》ってるんだぜ。真ん丸に決まってるじゃないか」

「そう……でしたか」

やはり——という言葉は喉の奥に呑《の》み込んだ。

あの月見団子はわざとそうしたのではなく、たまたま安吉が作ったから、いびつな形になっていたのだ。

「団子の形がどうかしたのか？」

さすがに気になったのか、安吉が尋ねてきた。

「京の方では、月見団子といえば、里芋の形をしているんです。そのことをご存じなのかどうかと思って、訊いてみただけですよ」

そっけない口調で言い返すと、「へええ、そうだったのか」と安吉は素直に驚いている。

「けど、どうして急に京の団子の話なんかしたんだい？」

「京の団子と江戸の団子は違うというお話です。安吉さんは江戸の団子は真ん丸だと思ってたんですよね」

「そりゃあ、まあ、俺は江戸っ子だから……」

「でも、江戸の月見団子も真ん丸じゃなくて、少し形を崩すんです。枕団子と区別するために――。安吉さんが褒められたのはそのせいですよ」

「えっ、それって――」

そこまで言われて、さすがに自分の団子を丸める技に問題のあることに気づいた安吉が、顔を強張《こわば》らせた時であった。

台所の方で、ガラガラ、ガシャンと、金物が落ちるような音が響き渡った。

なつめと安吉は顔を見合わせ、すぐにそちらへ向かって走っていった。竈《かまど》の前で、おまさが蒼白い顔をして突っ立っており、その前には鍋が二つほど転がっている。

「おかみさん」

なつめはすぐに土間へ下りて、おまさの体を支えるようにした。

「あっ、大丈夫。少し立ちくらみがしただけだから――」

「でも、おかみさん。昨日からお顔の色が優《すぐ》れませんよ。少しお休みになった方がいいと思います」

なつめが言うと、土間に転がった鍋を拾っていた安吉も、おまさに顔を向けて言った。

「そうですよ。今日は旦那さんもお出かけになってますし、坊ちゃんたちはなつめさんが見ててくれるんですから」

　二人にそう勧められ、おまさもその気になったようであった。

「それじゃあ、夕餉の下拵えを簡単に済ませたら、そうさせてもらおうかしら」

「そうしてください。後で、棗茶と蜜漬けをお持ちします」

　大休庵から持ってきたそれらは、朝のうちにおまさに渡してある。すぐに効《き》き目があるわけではないだろうが、今日、持参してよかったとなつめは思った。

　それから、夕餉の仕度をするおまさを邪魔にならない程度に手伝い、おまさが引き揚げると、なつめたちも台所を後にした。

「おかみさん、大事ねえといいんだがな」

　安吉が心配そうに言う。

「さっき言ってた棗茶と蜜漬けって、体にいいんだよな」

「ええ。薬として使われることもあるから」

　とはいえ、薬と聞けば苦いものだと思い込む人も多いだろうし、たとえ体にいいと分かっていても、少しよくなれば油断して口にしなくなるものだ。また、苦い薬でなくとも、手に取るのが億劫《おっくう》になることだってあるだろう。

（お菓子みたいに楽しみながら、薬を体に摂《と》ることができればいいのに）

ふとなつめはそう思った。おいしくて、体にもいいお菓子——。

それなら、楽しく食べられる上、養生にもなる。

（旦那さんなら、棗の実をうまく使ってお菓子にしてくれるのかもしれないけれど……）

その肝心の久兵衛は、生憎《あいにく》出かけているという。残念だと思う気持ちがついなつめの口を滑らせた。

「棗のお菓子があれば、おかみさんにも毎日おいしく食べていただけると思うのだけれど……」

「それ、それだよ！」

安吉に聞かせるつもりでもなかったなつめの言葉に、安吉は飛び上がらんばかりの大声で反応した。

「それって何ですか」

「なつめさん、その蜜漬けっての、ちょっと分けてくれないか。俺、今日、それを使った菓子作り、考えてみようと思うんだ」

「考えるって、安吉さん、団子作りの修業をするんじゃなかったんですか」

なつめは目を丸くして訊き返した。

「おかみさんが大変なんだ。そんな時、自分のことばっか言ってられねえよ」

いや、安吉がいくらやる気を出したところで、おまさのためになるものがすぐに出来るとは思えない。が、昂奮《こうふん》している安吉を前に、つい言い返す機を逸してしまった。

「蜜漬けの実を入れる器を厨房から取ってくるからさ。用意して待っててくれよ」

安吉はそう言うなり、一気に駆け出していってしまう。

慌ただしい突風のようなその動きを、なつめは半ば茫然と見つめていた。

五

あれは、棗の木か。暗赤色の実が生《な》っているのを垣根越しに見つめ、久兵衛はそこが大休庵であることを確信した。枝折戸まで来て、いささか怖気《おじけ》づきそうになった気持を無理に奮い立たせ、久兵衛は敷地に足を踏み入れる。

庵の木戸で足を止め、「御免なすって」と声をかけると、戸の中からではなく、外の庭の方から老人が現れた。

「どなたさんかね」

六十に手が届くかどうかと見えるが、足腰は曲がっていない。おそらく飯炊きなどの雑用をする老人なのだろう。

「私は照月堂という菓子屋の主だ。こちらのなつめ……さんに来てもらっている。それで、了然尼さまにご挨拶に伺ったのだが……」

そう説明すると、老人は了解したようにうなずき、戸を開けて久兵衛を中へ通した。

久兵衛が草鞋《わらじ》を脱いでいる間に、老人は「お稲、お客人だ」と奥に向かって声をかけた。すると、「はあい」という返事に遅れて、老女が一人、足を拭う盥《たらい》の水と手拭いを持って現れた。

お稲は久兵衛の来訪を告げるため、いったん下がっていったが、ややあって戻ってくると、奥の部屋へ案内してくれた。

久兵衛は自分の店の菓子だが、と断り、栗鹿《くりか》の子《こ》の包みをお稲へ渡した。

了然尼のいる居間は、障子を通して外の光が存分に入り込む明るい部屋であった。了然尼は脇息《きょうそく》に肘《ひじ》をのせて寛《くつろ》いでいる。

久兵衛はうつむいたまま前へ進み、膝をついて座ると、額を畳につけて挨拶した。

「照月堂の主、久兵衛にございます」

「了然どす。なつめはんがえろう世話をかけてますなあ」

柔らかな京ことばが降り注いでくる。何と美しい声なのだろうと思いつつ、なつめという言葉に、久兵衛は反応した。

そのことでございますが——切り出そうとして、思わず久兵衛は顔を上げ、そして息を止めた。

知っていたこととはいえ、目の前の了然尼の顔に、胸が切ない悲鳴を上げたのである。

(こんなにも美しい方が……)

了然尼の右頰の傷痕《きずあと》を見れば、想像していた以上に痛ましく惨《むご》いと思わずにいられなかった。だが、醜いという思いは湧《わ》かなかった。

傷痕があっても、了然尼という女人《にょにん》は全体として美しい。いや、そもそも生まれながらの美貌も傷痕も、了然尼という人を語るのにさほど重要ではないのかもしれない。その魅力のもとは、内側からにじみ出るものの中にあるのだろうから——。

「お店の方はええのどすか」

なつめのことを切り出す前に、了然尼が尋ねてきた。

「へえ、お心づかい、ありがとうございます。しかし、今日の分はもう拵えてまいりました。明日は十三日ですから、店を抜けられませんが」

十三日は月見団子が多く出るので――と言い忘れたことに気づいたが、了然尼はすぐに察したようであった。

「十三夜いうたら、ほんまは後《のち》の月《つき》、九月十三夜のことをいうもんどすが、近ごろは八月十三夜もお月見をするようどすなあ」

物言いは相変わらず柔らかなものであったが、八月十三夜の月見は理に合わぬ――そう言われたのかと、久兵衛は焦った。

「やはり、よくないことでしょうか。八月十三日に月見団子は出すべきではない、と?」

久兵衛の言葉に、了然尼は微笑みながら首を横に振った。

「そないなこと言うてまへん。十三夜の月は八月やろと九月やろと美しいもんどす。美しいもんもおいしいもんもただ、そのまま味わえばええのやと、わたくしは思いますえ」

美しいもんもおいしいもんも――その言葉はまっすぐ久兵衛の心に届いた。

美しい月を愛《め》でる心とおいしい菓子を味わう心――それらをありのままに受け止

めて楽しむのこそ、月見の醍醐味《だいごみ》だということだろう。

(さすがは了然尼さま。思った通りのお方だ)

久兵衛がそう思っていると、先ほど案内してくれたお稲という老女が、久兵衛が持参した栗鹿の子と茶を持って現れた。

「お客さまからのいただきものです」

お稲の言葉に、了然尼の口から「まあ」という声が漏れた。

「きれいやこと」

うっとりと呟く了然尼は、まるで少女のように久兵衛には見えた。

「いただきます」

了然尼が黒文字《くろもじ》で菓子を切り、口もとに運ぶのを、久兵衛は我を忘れて見入ってしまった。菓子を口に入れた後、了然尼の表情は見る見るうちに明るくなってゆく。

「おいしゅうおますなあ」

了然尼の言葉を耳にした時、知らず知らずのうちに止めていた息を、久兵衛はようやく吐き出した。これまで菓子を作り続けてきてよかったと、心から思った。

「今日は、御用があって参られたのですやろ」

菓子を食べ終えてひと息ついたところで、了然尼が切り出した。久兵衛は顔を引き締め、手を畳の上につけた。

「そのことでございます。なつめ……いや、なつめさんをうちでお預かりしてよいものかどうか」

言葉を選びながら、久兵衛はようやくそれだけ言ったが、

「よいも悪いも、あの子自身がそれを望んでますさかいなあ」

了然尼の口の利きようは、それまでと変わらず、穏やかなものであった。

「しかし、お武家の出と聞きました。私はそれとも知らず、うちの倅《せがれ》たちの守《もり》などをさせております。また、いずれは菓子作りをしたいとも話していて……」

「あの子の出自や、女子《おなご》に生まれたことが、菓子を作るのに何ぞ問題でも――?」

「そ、それは……」

「無論、出自や男女の別は、おのずとその人の行く末を決めるもんどす。けれど、そういう窮屈な中で生きていくのを、苦しいと思う者もおるんどす」

それは了然尼自身のことなのだろうかと、久兵衛は推測した。

美貌の女人であることを理由に入門を断られた時、顔を焼いたというのは、生まれ持ったもので行く末を狭めようとする世間への痛烈な抗議だったのではないか。

そうだとすれば、了然尼はなつめには思うさま生きてほしいと願っているのかもしれない。出自にも、男女の別にさえこだわることなく——。

「わたくしはあの子に何にでもなれると教えてきたのどす。少し複雑な生い立ちの子どすゆえ」

「複雑な……？」

「あの子は幼くして二親を亡くしたんどす。ただ一人の兄は、生死のほども分かりまへん。生家は断絶しましたが、二親の亡くなり方がふつうではなかったゆえ、親戚たちもあの子を引き取るのを嫌がりましてなあ。京から遠い江戸にいたわたくしが引き取ることになったんどす」

「……驚きました」

そんな複雑な生い立ちの娘にはまるで見えなかったので——と続けそうになった言葉を、久兵衛は胸に呑み込んだ。

郁太郎と亀次郎に対するなつめの優しさや濃《こま》やかさ、二人の子供たちがすぐになつめになついたことが自然と思い起こされた。家に弟や妹がいて、面倒を見ることに慣れているのだろうと勝手に想像していたが、実際はまるで違っていたのだ。

複雑な境遇にもかかわらず、なつめの心根がまっすぐなのは、了然尼の慈しみや導きによるものなのだろうと、久兵衛は想像した。

「二親の死により、あの子の行く末はうんと狭められました。あのまま京におれば、父母の菩提《ぼだい》を弔《とむら》えということで、尼寺に入れられていましたやろ。けど、わたくしは尼になるにせよ、どなたかの妻女となるにせよ、あるいは才や技を磨くにせよ、あの子自身の手で選んでほしかった。何にでもなれる、何になってもええ――そう言い続けたわたくしの言葉を、まだ幼かったあの子はそのまま受け取ったんですやろ。興味や関心の赴くまま、いろいろなもんになりたいと言い出しました」

「いろいろなもんに……？」

「尼や歌詠みや絵描き……数え上げたらきりがありまへん。おかしいですやろ。女子があれになりたい、これになりたい、など。その上、その気持ちはふた月か三月ですぐに変わってしまうんどす」

「はあ、ふた月で――」

ならば、菓子職人になりたいという気持ちももうすぐ消え失《う》せるのか、と久兵衛は思った。

だが、それならばそれでかまわない。もともと女子が厨房に入るなど、望ましいことではないのだから。それまでは好きにやらせてくれ――と了然尼から頼まれたなら、それは受け容《い》れようと久兵衛は考えた。

「移り気の激しい子、そう言うてしまえばそれまでどすが、もしや己というものから逃げていただけやもしれまへん。一つところに留まれば、どうしても己と向き合わねばなりまへんやろ。どないしたところで、己の来《こ》し方《かた》から目を背けるにはいかへんさかい」

了然尼が何を言わんとしているのか、久兵衛には分からなくなった。

「今のなつめはんは、ほんまになりたい道を見つけたのやと思います。これから、どないにして己や過去と向き合うのか、わたくしにも見当がつきまへん」

久兵衛がどう言葉を返せばよいのか、まるで分からずにいた時、

「照月堂はんは何で、なつめはんを店に置かはったんどすか」

不意に、了然尼から問いかけられた。

「あの子の過去は知らなかったと思いますが、そもそも職人になりたいなんて言う娘は、面倒ですやろ。子守の女中はんなら、他にも見つけられたはずどす。それやのに、何であの子だったんですやろ」

「それは……」

久兵衛は頭の中を整理しながら、ゆっくりと答え始めた。

「うちの親父や女房がなつめさんを気に入ってましたし、倅たちもすぐになつきました。職人になりたいなんて言い出さなけりゃ、うちとしてはぜひ来てもらいたいお人だったんです。……職人ってのは、どうにも受け容れがたい話でしたが、まあ様子を見ようって話になりました。その後、心を決めたのは、〈最中の月〉の元来《がんらい》の姿を残しつつ、新たに生まれ変わった菓子に〈望月のうさぎ〉って菓銘をつけたあの閃《ひらめ》きに、驚かされたせいでございます」

あれは一朝一夕《いっちょういっせき》で身につけられるものではない。自分は京で修業していた際、茶道や歌道、俳諧《はいかい》などもかじったが、そうした感性を磨くことはできなかったと、久兵衛は正直に述べた。

「私はなつめさんの閃きを半ばうらやみ、店に置いてみようという気にもなったのです。今は、なつめさんのその才が了然尼さまの薫陶《くんとう》によるものだと分かり、なるほどと納得いたしました」

「照月堂はん」

了然尼は改まった様子で言うと、不意に手を前につき頭を下げた。

「なつめはんを職人にしてくださいとは言いまへん。己の道をどう歩んでゆくか、決めるのはなつめはんや。せやけど、あの子を受け容れてくれはった照月堂はんは懐の深いお店やと思います。わたくしはそのことをありがたいと思わずにいられまへん」

「もったいねえお言葉です」

久兵衛は仰天して自らも額を畳にこすりつけながら、「どうか顔をお上げくださ い」と、うわごとのように言い続けた。

「なつめはんは、ほんまにええお店を見つけたんどすなあ」

了然尼のほんわかした声を聞いた時、その心が自分の中に流れ込んでくるように、久兵衛には思われた。なつめには出自や男女の別さえ乗り越えていってほしい、と願う了然尼の大らかな心がありのままに――。

そして、その瞬間、迷いが晴れた。

了然尼と同じ心持ちで見守っていけばいいと、気づいたのである。

何にでもなれる――そう信じて、なつめが出自や女子であることの壁を乗り越えてゆくのであれば、自分もそれを見守ってやればいい。職人になるために立ちふさがる壁を乗り越えるか否かも、なつめ次第だろう。

なつめが女子であることや、その出自が武家であることにこだわってしまう自分の心持ちを、いきなり変えることはできまい。だが、少なくとも、尊敬する了然尼の心持ちは理解できたし、共感することもできる。

「なつめさんのことは、これまで通り、うちでお預かりしてよろしいでしょうか」

久兵衛が改めて尋ねると、了然尼は深々とうなずき、

「よろしゅうお頼み申します」

と、温かな声で告げた。頭を下げたままの久兵衛の緊張は、ゆっくりとほどけていった。

六

久兵衛が、出かける前とは打って変わった、すっきりした顔つきで照月堂へ帰った時、

「旦那さん！」

気配を聞きつけて仕舞屋の玄関口まで出て来たのは、なつめであった。

了然尼の許へ出向いていたのを市兵衛からでも聞いたのかと、つい気負ってしまいそうになったが、なつめの声がどことなく緊張していたのは、そのことではなかった。

「おかみさんがたいそうお疲れのご様子で、お加減もお悪そうなので、休んでいただいてるんです」

医者を呼ぶ必要はないとおまさが言うし、熱もなさそうなので、特に処置はしていないが、昼からは横になってもらっていたのだと、なつめは告げた。今は眠っているというので、その部屋まで行って中をのぞいてみると、ぐっすり寝入っているようである。

確かに疲れているふうには見えたが、明らかに病人というほどでもなかったので、ひとまず久兵衛は安心した。

「夕餉の下拵えは、昼のうちにおかみさんが簡単に済ませておかれましたけれど、その後のことは何も調《ととの》ってなくて……」

なつめは心配で居ても立ってもいられない様子だったが、あとのことは自分が何とかするからいい、と久兵衛は言った。そして、おまさはこのまま寝かせておいてやろうと、いったんその部屋を後にした。

いつも皆が集まる居間に入り、なつめと向き合って座ってから、久兵衛は改めておまさの世話をしてくれた礼を述べた。

「留守の間、苦労をかけてすまなかったな。安吉じゃ、おまさの世話をするわけにゃいかねえだろうし、お前がいてくれて助かった」

「いいえ、坊ちゃんたちもとても聞き分けよく、二人だけでちゃんと手習いをしてくれていたので、私も助かりました」

特に郁太郎がぐずる亀次郎をなだめて、よく面倒を見てくれたと、なつめは報告した。

それらが済むと、いったん二人の間に沈黙が落ちた。言うべきことを言ってしまうと、昨日から後回しにされてきた問題を、これ以上避け続けるわけにはいかなくなる。

「実はな」

先に口を開いたのは久兵衛だった。

「たった今、了然尼さまにお会いしてきた」

「えっ、了然尼さまに――」

何も知らなかったなつめは、それなり絶句した。

「了然尼さまの話を聞けば、俺がお前の望みを受け容れて職人として雇うんじゃないかと、親父と二人で話していたそうだな」

「いいえ、それは……」

「確かに、了然尼さまのお名前は重い。俺は以前から、あの方を尊敬していたし、今日直にお会いしてみてその心はますます強くなった。で、お前はどうしてほしい？　了然尼さまのお名前を頼りに、職人にしてほしいと思っているのか」

「いいえ、違います」

なつめは躊躇《ためら》いのない口ぶりで答えた。

「旦那さんは約束してくださいました。私が女中としての役をしっかりと果たし、望月のうさぎが店の売れ行きに貢献するならば、私を職人にすることも考えてやる、と。そのお約束を変えないでいただければありがたいと思います」

「そうか。俺もそうしたいと考えていた」

久兵衛は納得した表情を浮かべて言い、なつめもほっと安心した表情を浮かべた。

「それから、俺はそう器用じゃねえから、今さら態度を変えろと言われても難しい。その、つまり、お前が本来なら、こんなところで女中なんかしてる身分じゃねえって話だが……」

「武家の出であることならば、お気になさらないでください。すでに家はないのですから、私はもう武士の娘ではありません」

「お前がそう言うのなら、俺もこれまで通りにさせてもらおう」

久兵衛がさっぱりした口調で言い、懸案だった話は終わった。そこで、なつめは表情を改めると、

「ところで、安吉さんなんですけれども……」

と、少し気がかりそうに切り出した。

「私、大休庵で穫れた棗の蜜漬けをおかみさんにお持ちしたんですけれど、それを使ったお菓子があればいいって思いつきを、安吉さんにしゃべってしまったんです」

それを耳にした安吉が勢い込んで、棗の菓子を作ると言い残し、厨房に入ったこと、それきり一度も厨房から出て来ないので、少し心配になっていることを、なつめは正直に話した。

「棗の菓子作りは、旦那さんにお願いしたかったんですけれど……」

「安吉の奴が厨房から出て来ない――?」

久兵衛はいささか不安になってきた。

修業をしろと言い残したものの、くわしい指図をしていかなかったのは失態だったかもしれない。厨房の中でも上等の砂糖や小豆《あずき》は絶対に使うなと厳しく言ってあ

るので、それらに手をつけてはいないだろうが……。

久兵衛は、すぐ見に行ってみるとなつめに言い残し、立ち上がった。

庭から通じている厨房の戸口の前に立ち、一応「入るぞ」と声をかけて、久兵衛は戸を開けた。

体に馴染《なじ》んだ熱気と甘いにおいが身を包む。そのにおいの中に、酸っぱいような香りが混じっていた。

「あっ、親方――」

白い湯気《ゆげ》の中から、安吉の声がした。厨房の中では、久兵衛のことを親方と呼ぶ習いになっている。

安吉の声は妙に昂奮して甲高かった。久兵衛は不安をかき立てられながら前へ進み、湯気が外へ出て行くのと目が慣れてくるのを待つ。

やがて、小豆の餡《あん》と棗の蜜漬けの果肉が飛び散った台の様子が、久兵衛の目に入ってきた。その前には、奮闘のあまりか熱気のせいか、顔を赤くした安吉が立っている。

久兵衛は溜息《ためいき》をついて、しばらくの間、その場に立ち尽くしていた。

八月十三日、多くの月見団子を売った照月堂では、翌十四日は団子の数を減らし、他の菓子も控えめにする。明日の十五日にはどうせ団子を買うのだから――と買い控える客の胸の内を踏まえてのことだ。

おまさは立ちくらみを起こして横になった日の翌日にはもう起き出していたが、久兵衛は口入屋《くちいれや》に頼んで、十日ほどの間、もう一人、別の女中に通ってもらうことにしたという。

朝から来て掃除などの雑用をこなし、昼餉と夕餉の仕度を調えたら昼の内に帰るという働き方であったが、それでもおまさは「ずいぶん楽をさせてもらって」と、なつめの前で笑みを浮かべた。

「それにしても、なつめさんがあの名高い了然尼さまのご親戚だったなんてねえ」

久兵衛から事情を聞いたというおまさは、驚きはしたものの、夫と同様、特になつめに対して態度を変えることはなかった。意を汲んでくれたのだと思うと、なつめは嬉しかった。

そして、この日、売り出す菓子を減らしたはずであるのに、久兵衛と安吉はずっと厨房にこもり切っている。その事情をなつめが知ったのは、郁太郎と亀次郎の口を通してのことであった。

「今日はねえ、なつめちゃんのお菓子の日なんだよ」

手習いの時、得意げな顔つきの亀次郎から打ち明けられた。すぐには何のことやら分からなかったが、くわしいことは郁太郎が説明してくれた。

「棗の実と白餡を混ぜて、新しい煉《ね》り切りを作るんだって」

「新しい煉り切り――？」

「うん。お父つぁんがいろいろ試して決めたんだって。安吉お兄さんが教えてくれた」

棗の実を使って、新しい煉り切りが生み出される。

郁太郎が安吉から聞かされた話によれば、小豆の餡と棗の蜜漬けを混ぜ合わせるところまでは、安吉が思いついたことらしい。だが、ふつうの小豆と棗の組み合わせはいささか合わなかったようだ。

白餡と混ぜ合わせることで、煉り切りにすることを思いつき、それを現実に作り上げられるのは、やはり久兵衛の技量あってのことであった。

「煉り切りって、白餡に色をつけて美しい形に仕上げるお菓子よね」

「お父つぁんはね。えっと、梅の花とか撫子《なでしこ》の花とか……えっと、それに……」

勢い込んだ亀次郎が、身を乗り出すようにしながら父の自慢を始める。

「牡丹《ぼたん》や杜若《かきつばた》の花も作ったことがあるよ」

亀次郎の後を受けて、郁太郎が言った。

「きれいねえ。目に浮かぶようだわ」

色とりどりの美しい花の形をした菓子。たとえ冬枯れの頃であっても、菓子を作る厨房ではたくさんの花を咲かせることができる。それは、何と豊かな世界なのだろう。自分の手で、そんな花々を生み出すことができたら、どれほど素晴らしく誇らしいことであろう。

そんなふうに、つい菓子の話にふけってしまうため、この日の手習いはあまり進まなかった。

そして、この日の夕方も間近の頃。

「なつめさん、ちょっと下りてきてちょうだい。郁太郎と亀次郎も一緒に――」

階下のおまさから呼ばれて、なつめは子供たちと一緒に一階へ下りた。

座敷へ入ると、市兵衛と久兵衛が奥に並んで座り、その左右におまさと太助が少し斜め向きに、安吉は市兵衛、久兵衛と向き合う形で座を占めている。

全員がそろっているということは、今日は早々に店を閉めてしまったようだ。

よく見ると、一人一人の前には、皿にのった菓子が置かれている。

安吉の隣に、菓子の置かれた席が三つあったので、なつめは子供たちと一緒にそこへ座った。

皿の上には、一輪の薄い黄白色の花と三つの暗赤色の実がのっていた。

(これは、棗の花と実――)

大休庵で見慣れていたから、なつめにはすぐに分かる。一瞬、暗赤色の実は本物の棗の実かと思った。が、よく見ればそれも煉り切りなのだ。無論、黄白色の花も菓子である。

「新しい煉り切りだ。皆の分あるから、まずは味見してくれ」

久兵衛の言葉で、皆、いっせいに皿を手に取った。

「花の方はいんげん豆の白餡に色つけしたものだが、赤い実には棗の果実が入っている」

久兵衛の説明は続いていたが、子供たちはもう菓子を口の中に入れている。

息子たちが説明を聞いていないと分かったのか、久兵衛は黙り込むと、黒文字を手に取った。

それで、他の者たちも食べ始めたのだが、不思議なことに、誰もが暗赤色の実の方を先に口に入れている。やはり、美しい形の整った花に黒文字を入れるのは切ないものなのだ。

（おいしい……）

棗の実で作った煉り切りは、甘酸っぱくさわやかな香りが口中に広がる絶品だった。

「なつめちゃんのお菓子、おいしい！」

亀次郎がはしゃいだ声をあげ、郁太郎も亀次郎相手に「うん、おいしい！」と笑顔を向けている。

「これはなかなか」

と、市兵衛と太助が顔を見合わせ、こちらも頬を緩めていた。

安吉は感慨深そうな様子で、菓子を口に含み、うっとりとした顔つきで味わっている。

そして、おまさは――。

「おかみさん」

なつめが声をかけた時、返事が一瞬遅れた。

暗赤色の実を一つ食べ終わったおまさは、自分でも気づかぬうちに目を潤《うる》ませていたようだ。

「えっ、ああ。なつめさん」

はっと我に返ったおまさは、目立たぬふうに袖口を目頭に当てた後、なつめに目を向けた。

「旦那さんはおかみさんのために、このお菓子を作ったのですよね」

久兵衛は絶対にそうは言わないだろうし、認めることもないだろうが、それに違いない。

いつも家を守ってくれるおまさのために、無理をしてつい働き過ぎてしまう女房をいたわるために——。

ふだんは感謝の念を顔にも言葉にも出さない久兵衛が体によい棗の実を使って、菓子を作り上げたのだ。

なつめの声が聞こえていたはずであろうに、久兵衛は無視を決め込んでいる。

一方、なつめの言葉を耳にした亀次郎は、

「それじゃあ、これはなつめちゃんのお菓子じゃなくて、おっ母さんのお菓子なの？」

と、首をかしげながら、母となつめを交互に見つめてくる。

「そうそう——」

その時、菓子を食べ終わって至福の表情を浮かべていた番頭の太助が、ふと思い出したように切り出した。

「先日、季節の変わり目はどうも調子が悪い、とおっしゃっていたお客さまがいらっしゃいました。おかみさんに食べ続けていただきたいのはもちろんですが、そういったお客さまにも、ぜひともこの菓子を味わっていただきたい。いかがでしょうか」

「ぜひともそうするべきだね」

市兵衛が太助の後押しをする。久兵衛は皆の反応にゆっくりとうなずいた。

「それでは、旦那さん。どうかこの菓子に菓銘をおつけください」

「ふむ」

太助から頼まれ、久兵衛は皿を置いて腕組みをする。

「菓銘はふつう作り手がつけるものだ。だが、これは、俺一人で作り上げたわけでもねえ。餡と混ぜるのを試したのは安吉だし、棗の菓子を作ることを最初に言い出したのは、なつめだそうだ」

そう言った後、久兵衛は安吉となつめにじっと目を向けた。

「この実は、なつめが持ってきてくれたものだと聞くし、ここは菓銘をつける役目をなつめに譲ろうと思うが、安吉、お前はどうだ？」

「へえ、そりゃあもう――」

元より菓銘をつけるなど考えてみたこともない安吉は、一も二もなく承知する。

「ですが……」

一方、なつめの方は困惑していた。

菓銘にそんな重々しい意義があったとは知らなかった。今改めて久兵衛からそのことを聞くと、恥ずかしさが込み上げてくる。自分は〈望月のうさぎ〉、〈辰焼き〉などの菓銘をつけ、半ば得意になってもいたのだ。

「俺と安吉が言うんだからかまわん。それに、お前には菓銘の才がある」

久兵衛はいつになく穏やかな声でなつめに言った。それでも、なつめがなおも躊躇《ちゅうちょ》していると、市兵衛と目が合った。

「心配要《い》らない。なつめさんはうちの店の福の神なんだからね」

「なつめさん、あたしからもお頼みします」

棗の実を誰より食べてもらいたかったおまさから、最後にそう言われ、頭を下げられた時、なつめの心の中は感謝の気持ちでいっぱいになった。

この店に入れてもらえてよかった、まずは子守の女中から頑張っていこう――と気持ちを新たにしたその時、ある一つの言葉が頭に浮かんだ。

「このお菓子は何より、おかみさんがお健《すこ》やかであることを祈って作られたものだと思います」

自分が菓子を作ってほしいと言ったのも、安吉が拙《つたな》い技で必死に作ろうとしたのも、おまさに元気でいてほしいという願いがあればこそだ。そして、久兵衛にとって、その思いは何よりも切実だったはず。

そうした思いを胸に、なつめは一度目を閉じ、深呼吸をした。それから、ゆっくり目を開けると、久兵衛に向かって背筋を伸ばし、

「〈養生《ようじょう》なつめ〉ではいかがでしょうか」

ゆっくりと告げた。自分の名前が入っているのは少し照れくさいが、材料だけでなく、菓子の形状に棗の花と実を使った久兵衛の思いも名前に入れたい。

「養生なつめ……」

郁太郎と亀次郎が同時に口に出して呟く。

「悪くねえ！」

叫ぶように言ったのは、安吉だった。市兵衛や久兵衛の前だったということに気づいて、「すいません」と小声で謝ってから、

「悪くない……ですよね、親方?」

と、顔色をうかがうようにして問い直す。

「ああ、いい菓銘だ」

久兵衛は嚙《か》み締めるような口ぶりで言った後、お前はどう思うか、というような目をおまさに向けた。

「本当にぴったりの名前ですねえ」

おまさはしみじみとした声で、すぐにそう答えた後、

「あたしだけでなく、うちの店に来てくれるお客さまが、このお菓子で健やかになっていただければ、こんなにいいことはありませんよ」

と、嬉しそうに付け加えた。その目は再び潤みを帯びてきたようであった。

お供えもの

嶋津　輝

一

住み始めて間もない裏長屋の室内を、善吉《ぜんきち》はもくねんと見回した。

九尺二間《くしゃくにけん》、小汚《こぎたな》い棟割《むねわり》長屋の一軒である。たった三日前にはがらんどうだったのに、いつの間にやら畳の上には夜具や葛籠《つづら》が鎮座《ちんざ》し、土間《どま》の流しにはまな板や包丁、へっついには鉄鍋、水桶の上には笊《ざる》や桶が揃《そろ》っている。角《かど》に渡した竹の棒には、真新しい青海波《せいがいは》の手拭《てぬぐ》いまで掛かっている。

全体的にはまだ物が少なく余白はあるが、一つ一つが吟味《ぎんみ》された場所に収まったさまは、早くも生活の匂いが漂うようで、男の独り住まいというより若夫婦の新居のようなういういしさに満ちている。

質素で慎《つつ》ましやかなこの住まいを、短期間で調《ととの》えたのが外ならぬ自分であるということが善吉には忌々《いまいま》しい。

己《おのれ》の凡庸《ぼんよう》さ、目先のことさえ整っていれば満足してしまうちっぽけさが、この部屋のそこかしこから滲《にじ》み出ている。いかにも小物《こもの》な、詰《つま》らない自分に嫌気がさしての家出だったはずではないか。やぶれかぶれの心持ちで家を飛び出し、残りの人生は世捨て人のように堕落《だらく》して浪費《ろうひ》するつもりだった。それがうっかり、こんなこぢんまりした暮らしに足を踏み入れてしまっている。着流しのまま畳にごろ寝、いや、なんなら無宿人《むしゅくにん》にでもなってやれというくらいの気概《きがい》もない我が身が、ほとほと情けなかった。

どうせ俺は無能な呑気《のんき》もの――そう心の中でぼやきながら、善吉は搔巻《かいまき》で身体《からだ》を包《くる》んで寝転んだ。今日は朝からずっと冷えている。何か温まるものでもないかと薄目を開けると、台所のやかんが目に入った。昼間、銅器売りから買い求めたばかりのものである。やかんがあるからもう湯は沸《わ》かせるが、白湯《さゆ》を飲みたくとも、あいにく茶碗《ちゃわん》がない。

明日は瀬戸物《せともの》屋に行って、湯呑《ゆのみ》茶碗と、ついでに火鉢《ひばち》も買わなくっちゃあ――などと善吉は細《こま》かに算段し、まだ日も沈まぬうちから、とろとろとまどろんだ。

本所《ほんじょ》の御菓子所《おかしどころ》「舟木屋《ふなきや》」の長男として善吉は生まれた。もとは祖父が始めた一文《いちもん》菓子屋であったが、二代目の父が饅頭《まんじゅう》や餅《もち》菓子など品数を増やして店を大きくした。数人の職人や奉公人を抱えていて、地元では、まあ名の通った店である。

善吉は十二歳から店を手伝い始め、じきに職人に混じって菓子作りをするようになり、今は二十二歳である。そろそろ店全体の切盛《きりも》りも学ばねばならぬ頃合いだが、善吉は何より菓子作りを好んでいた。もともと甘い物に目がないし、こまごました作業が性《しょう》に合っている。菓子屋に生まれたのは天命とさえ思っていた。だから、商《あきな》いのことや材料の仕入れや蔵の管理、小僧の指導などは手代《てだい》に任せ、帳面にもからきし興味が持てずにいた。兎《と》に角《かく》、菓子さえ作っていれば満足だった。

舟木屋には、善吉より二つ上の辰三《たつぞう》という手代がいる。この辰三、すんなり涼《すず》し気《げ》な顔立ちに違《たが》わず、実に何事も円滑《えんかつ》に切り回す。十二歳で奉公に来た当初から、掃除《そうじ》から走り使いまで早起きも苦にせず手早くこなし、菓子を作らせれば物覚えよく器用、そのうえ夜が更けるまで外で泥饅頭を丸めて練習をするといった根性もあった。蔵の管理は完璧《かんぺき》、おまけに人当たりがよくて主人や番頭はもちろん、出入りの商人からの信頼も篤《あつ》く、若い奉公人の相談相手にまでなっていた。

使用人として頼もしいことこの上ない。いつまでも菓子作りだけしていたい善吉は、自分が主人となった暁《あかつき》には辰三を番頭に据《す》え、善吉の右腕として店全体を支えてもらいたいと当て込んでいた。都合《つごう》のいいことに善吉の妹の伊世《いよ》が辰三に思いを寄せている。辰三が伊世と所帯を持てば、暖簾《のれん》分けなどせず、いつまでも舟木屋を守《も》り立《た》ててくれるだろう——と、手前勝手に先行きを思い描いていたのがつい先日までのことである。

数日前、近所のお稲荷《いなり》さんからの帰り道でおきよとばったり会った。

おきよは伊世の幼馴染《おさななじみ》である。小作りだがきりりとした眉と目に意志の強さが表れていて、善吉は幼いころから密《ひそ》かに好意を抱いていた。おきよは妹の一つ上だから十八歳、もう縁づいていい頃だ。善吉は軽く咳払《せきばら》いして、「おきよちゃん、これからお詣《まい》りかい」と愛想《あいそ》よく声を掛けた。

おきよは、善吉の姿を認めると大きく顔を歪《ゆが》めて立ち止まった。何事かと近寄ると、おきよの目が潤《うる》んでいる。

「なんだ、どうしたんだ？　腹でも痛くしたのか」

「善吉っつぁん。あんた、お伊世ちゃんに縁談があるの知ってる？」

「いや、知らないが――」辰三との縁談を勝手に考えていたが、他に話が進んでいるのかと眉をひそめる。

「あんたのとこの手代の、辰三さんといっしょになるんだって？　お伊世ちゃんがそう言ってるんだけど……」

「ああ、やっぱりそうなのか」思惑通りにことが運びそうで善吉がほっとしていると、

「やっぱりって――。あんた、そんな呑気なことでいいの？」と、おきよが食って掛かってきた。

「呑気って、まあ、妹に先を越されはするが、俺だって身を固めることくらい考えてるさ」善吉はおきよの顔を覗《のぞ》き覗き言う。するとおきよはきっと目を光らせ、

「あんた、どこまでのんびり屋なの？　辰三さん、舟木屋の婿《むこ》に入るらしいじゃない」と声を荒らげた。

「へっ、婿？」

「そうよ。お伊世ちゃんのお婿さんに――」

「そんな馬鹿《ばか》なことがあるかい。舟木屋には俺っていう長男がいるのに」

「だから、長男の善吉っつぁんより、手代の辰三さんに店を継がせたいから婿入りさせるってことでしょ？」

「なんだって、辰三が店を継ぐんだよ」

「察しが悪いねえ。あんたより辰三さんのほうが、跡取りに相応《ふさわ》しいからに決まってるじゃないか。あたし、辰三さんのこと前から憎からず思ってて、あっちだって結構その気だったのよ。なのに婿入りの話が出てから町で会っても目を逸《そ》らされるようになって――、それもこれも善吉っつぁんが悠長《ゆうちょう》に構えてるからよ」

善吉は血相を変え、何やら喋《しゃべ》りつづけるおきよを置いて走り出した。

大慌《おおあわ》てで店に戻ったが父はおらず、善吉はそのまま奥に進んだ。裏庭に面した八畳間で母が繕《つくろ》い物をしていた。

「おっかさん、辰三を婿にとるって本当かい？」

肩で息をしながら訊《たず》ねると、母は善吉を見上げて目を丸くし、やがて深く息を吐《は》いた。

「耳に入っちまったのかい」

その目にみるみる涙が盛り上がるのを見て、善吉は青ざめた。おきよの話は本当だったのか——畳にへたり込んで母に泣きついた。

「なあ、おっかさん。俺だって、辰三のほうが店のことを何でも上手《うま》く切り回すってのはわかってるさ。でも、長男の俺を差し置いて婿をとるほどのことかい？」

母は潤んだ目で憐《あわ》れむように善吉を見やり、どこか芝居がかった調子で話し出した。

「いいかい善吉。すべてはおとっつぁんの決めたことだよ。おとっつぁんは舟木屋をここまで大きくした人なんだから、跡取りの苦労は誰より知っているのさ」

「じゃあ、俺は勘当《かんどう》されるのかい？」

「いや、そうじゃない」ここで母は表情を緩《ゆる》めた。「あんたは今まで通り菓子を作っていていいんだ。ただし主人じゃなく、職人としてだがね。跡取りは辰三。あんたは職人として店に残ればいいって、おとっつぁんが」

「ええ？　そんな妙な話があるかい。わざわざそんなまどろっこしいことしなくとも、帳場や蔵のことは、これから俺が覚えていきゃいいじゃないか。今から修業するんじゃ駄目《だめ》なのかよ、なあ、おっかさん」

「十年間、あんたと辰三を見比べておとっつぁんの出した答えだよ」母は針と布を下に置いてしゃんと姿勢を正した。「あんたが真面目《まじめ》に菓子を作ってたってことはわかってる。だけど、あんたが菓子だけ作ってる間に、辰三がどれだけ精進《しょうじん》したと思ってるんだい？　仮に今おとっつぁんが倒れたとして、店を廻すのは番頭さんと辰三だよ。舟木屋を継ぐに相応しいのは辰三。その答えは変わらないさ」

背筋が伸びてゆく母とは逆に、善吉はどんどんうなだれる。

「だいたいね、あんたを職人として残すのは、おとっつぁんのせめてもの情けだよ」

「へっ……？」

「あんたぐらいの職人はどこにでもいる。菓子作りの腕を比べてみても、あんたより辰三が上ってこと、わかってるだろう？」

耳の中がわんわん鳴って、善吉は何も答えられず逃げるように二階に上がった。

菓子作りの腕も、辰三のほうが上――母に指摘《してき》されずとも、善吉自身がよくわかっていることだった。

何事にも手を抜かない辰三は、菓子作り職人としても、基本をしっかり押さえた上でさらなる工夫を惜《お》しまなかった。天候によって砂糖の量を変えたり、餅をこねる時間を加減したりする。餅や饅頭の粉の按配《あんばい》や皮の厚さも、古参《こさん》の職人と相談しながらいろいろ試していた。

そういった創意《そうい》工夫が、善吉には欠けていた。最初に教わったやり方のまま、ちまちまと甘いものを拵《こしら》えるのが好きで、より高みを目指そうとする気概がなかった。だから餡《あん》や餅の味つけや粉の配合《はいごう》といった工程の肝心《かんじん》の部分は、いまだに善吉には任されていなかった。あらかじめ揃えられた材料を混ぜたり、成形するのが善吉の役割だった。

その晩、善吉は二階の四畳間で夜具をかぶったまま飯も食わず、次の日も具合が悪いと言って布団《ふとん》の上で丸まっていた。

跡取りの資格なしと宣告され、もはや居場所のない家である。そこにひとり籠《こも》っていると我が身がいよいよ憐《あわ》れになる。追い討ちをかけるように一度は聞き流したおきよの言葉まで甦《よみがえ》ってきた。おきよは、辰三のことを好いていると言っていた。善吉が惚れた女を袖にした辰三が、自分の代わりに店の主人となる。辰三は如才《じょさい》ないから、一職人となった善吉をけして使用人扱いしたりはせず、かつての主家の一員として丁重《ていちょう》に遇《ぐう》することだろう。そして自分は、死ぬまでこの店で菓子作りだけを続けていく――。

それは願っていた通りの将来のはずだが、まるで訳がちがう。余り者の自分が大した腕もないのにお情けで置いてもらい、辰三が舟木屋を守り立てていくのをこの先ずっと眺めていくのかと思うと、頭が破裂しそうになって善吉は月代《さかやき》を掻《か》きむしった。

善吉が家を出たのは、この晩のことである。

兎に角、この惨《みじ》めさから逃れたかった。それには何もかも打ち捨てて出て行くしかない。菓子屋の長男だ職人だといったしがらみは捨て去り、なんなら渡世人《とせいにん》として生きていけばいい。そう自棄《やけ》になって身一つで家を出ようとしたが、階段を降りるところで引き返し、簞笥《たんす》の奥に貯《た》めておいたいくばくかの銭を懐《ふところ》に入れた。世を捨てるにも最低限の元手《もとで》は必要と睨《にら》んでのことである。それからいったん外に出たが、風が冷たいのでもう一度取って返し、綿入れの上に褞袍《どてら》を着込んでから再度暗い町に飛び出した。

神社の境内《けいだい》で身を縮め、犬の鳴き声に怯《おび》えながら一晩を過ごした。あまりの闇の深さと夜の長さにもう二度と朝は来ないのではないかと打ち沈んだが、夜が明けて眩《まぶ》しい日射しに身体《からだ》が温まると、善吉は急に気が大きくなった。

たった一晩野宿《のじゅく》しただけで、いっぱしの無頼者《ぶらいもの》になったような気がした。善吉は途端《とたん》に顔つきがやさぐれ、往来《おうらい》を睨《にら》みつけながらガニ股で歩き始めた。するといかにも素性《すじょう》の悪そうな集団と目が合い、「なんだお前、達磨《だるま》みてぇに着膨《きぶく》れてるくせに睨みつけてきやがって」と絡《から》まれた。慌てて横道に逃れようとするも肩を摑《つか》まれ、善吉はあっという間に数人に囲まれた。

「すいません、目に塵《ちり》が入ったもんで」と卑屈《ひくつ》に謝ったが、ニヤニヤする男たちに小突き回され、ついに懐に手を入れられそうになった。善吉は思わず「きゃあっ」と甲高《かんだか》い悲鳴を上げ、相手がひるんだ隙に身体を捩《ねじ》って逃げ出した。

必死に走って悪漢どもを振り切り、路地《ろじ》の木戸《きど》に身を隠して追手《おって》が来ないのを確かめると、急に空腹を覚えたので往来に戻って煮売《にう》り屋に入った。鍋焼きを頼み、味噌味《みそあじ》で煮込まれたぼらや大根、牛蒡《ごぼう》や葱《ねぎ》を夢中で掻《か》き込む。

湯気《ゆげ》で鼻水が流れ出し、ついでに涙が滲《にじ》んできた。酒でも飲みたいような侘《わび》しい気分だったが、あいにく善吉は下戸《げこ》である。いきがって絡まれたことも、こんな気分のときに酒も飲めないことも、何もかもがお笑い種《ぐさ》だ。きょうび滑稽本《こっけいぼん》にだって俺みたいな間抜けは出てきやしねえ――善吉は己がしんから情けなく、しばらく空《あ》いた丼《どんぶり》を前に目が乾くのを待った。

涙をこらえていたらまた腹が減ったので、追加で煮しめを頼んだ。蒟蒻《こんにゃく》や蓮根《れんこん》で腹が膨れると、にわかに丹田《たんでん》のあたりから活力が湧いてくるような実感が訪れた。善吉は眼差《まなざ》しを上げ、今度こそ、自分をまっさらに変えようと決心した。こんな中途半端《はんぱ》な銭なんか持っているから守勢に立ち、悪漢の前で女みたいな悲鳴を上げてしまう。思い切って何か下らないことに費消《ひしょう》してやろうと、浅草《あさくさ》の賭場《とば》を目指すことにした。

しかしいざ浅草に着くと、柄の悪い男たちが全員先刻の悪漢に見え、賭場に近寄ることすらかなわない。結局、浅草は通り過ぎてそのままとぼとぼ歩いていたら、谷中《やなか》の寺で富籤《とみくじ》が開かれているのに行き当たった。

博奕《ばくち》とは趣《おもむき》が異なるが、富籤だって賭《か》けである。善吉は有り金はたいて富札を十枚買おうとし、思い直して五枚購入した。

この五枚のうちの一枚が、なんと当たった。と言っても一等の千両ではなく、三十両である。それでも充分な額だ。当てるつもりもなかったのに善吉は小躍《こおど》りした。

ぶらぶらしていると持っている金が気になるので、急きょ居を構えることにした。幸い、谷中からほど近い根津《ねづ》の裏長屋に空きを見つけた。大家《おおや》夫婦は二人揃って出っ歯のいかにも口喧《くちやかま》しそうな風貌《ふうぼう》で、はじめは二軒空いているうちの大家宅から離れたほうを選ぼうとしたが、思い直して大家の真向《まむ》かいにした。金を置いておくのだから、小うるさそうな大家が近くにいるほうが安全と思ったのだ。

部屋を決めてすぐ、善吉は損料屋《そんりようや》に出向いて掻巻や葛籠といった大物を借りた。金はいったん葛籠に仕舞ったが、心配なので尖《とが》った石で土間の隅に穴を掘ってあらかたそこへ埋《う》めた。翌日からは荒物屋《あらものや》などでこまごましたものを揃え、いよいよ若夫婦じみた住まいが仕上がってきた。

かくして渡世人となるつもりだった善吉は、単なる無職の小金持ちとなった。

二

棟割長屋から一町《ちょう》離れたところに、「天野屋《あまのや》」という瀬戸物屋《せともの》がある。根津に腰を落ち着けて半月、善吉はもう何度となく天野屋に足を運んでいる。

店内には茶碗や皿が所狭しと積み上げられ、天井《てんじょう》からは急須《きゅうす》が紐《ひも》で吊《つ》り下げられている。雑然としているようで、よく見るといい品が揃っている。

最初に行った日は、湯呑茶碗だけを買った。白地に青の唐草《からくさ》模様で、線がすっきりとして品の好《い》いところが気に入ったものだ。これでめでたく善吉は家で白湯を飲めるようになった。

長屋に入った当日と翌日、飯は外で済ませた。初日は煮売り屋と一膳飯屋に行ったが、煮売り屋は酒の肴《さかな》が多いから味が濃いし、一膳飯屋だと善吉にはちと量が多い。お菓子ならいくらでも食べられるが、しょっぱいものだと善吉はすぐ腹がくちくなる。

次の日は屋台《やたい》で蕎麦《そば》や天ぷらを食べたが、何だか胸焼けがする。そこで棒手振り《ぼてふ》から豆腐《とうふ》や惣菜《そうざい》を買い、家で食事をとるようになった。そうすると皿や小鉢《こばち》も必要になる。善吉はふたたび天野屋を訪れ、黄瀬戸《きせと》の皿と小鉢を買い入れた。

じきに惣菜だけでは物足りなくなり、とうとう自分でご飯と味噌汁《みそしる》を拵《こしら》えるようになった。

子供の頃からつまみ食いを目当てに台所に入っては、女中が煮炊きするのを眺めていた。菓子作りが好きなだけあって、手仕事全般に興味があったのだ。だからちょっとしたものなら見よう見まねで拵えられる。

善吉は朝早くから長屋の井戸《いど》で米と大根を洗い、棒手振りから納豆《なっとう》やきんぴらを買って、夜は七輪《しちりん》でめざしを焼くようになった。三たび天野屋に行き、深い緑色のごつごつした飯茶碗と漆《うるし》の汁椀を求めた。

自炊《じすい》を始めて数日目、明け六つの鐘が鳴る前から井戸で米を研《と》いでいると、大家のおかみさんが桶を抱えてやって来た。

「あれ、あんた、独り者なのに飯なんか炊いてるの？　若いのに感心だね」

「へえ、ま、暇ならたっぷりあるんで」

「あんた、まだ働き口は見つからないのかい？」

「まあ、なかなか……」むろん、善吉は働き口など探していない。

「店賃《たなちん》なら三月《みつき》分もらってるから当面はいいけど、いつまでもぶらぶらして、払いが遅れるなんてことになったら困るよ」

「はあ……」裏長屋の店賃ぐらいなら何年分でも払えるのだが、そんなことはおくびにも出さない。

「それよりさ、若い男が狭っ苦しい長屋に閉じこもってて、飽《あ》きやしないかい？」

「へへ、仰《おつしや》る通りで」今のところ台所仕事が楽しくて飽くどころではないのだが、善吉は適当に調子を合わせる。「暇を持て余してるところですから、もし大家さんのほうで何か人手が要《い》ることがあったら、俺に声掛けてください」

「あら、あんた親切なとこあるんだね。じゃあ何かあったら遠慮なく頼ませてもらうよ」

おかみさんが機嫌《きげん》よく出っ歯を突き出して笑ったところで、善吉は家に戻った。消し壺《つぼ》から熾《おき》を取り出し、へっついに移して火を熾《おこ》す。羽釜《はがま》を火にかけ味噌汁に入れるかぶを菜切り包丁で刻《きざ》んでいると、先刻のおかみさんの白い歯が思い出された。

長屋に入るとき、大家夫婦から身の上のことをあれこれ詰問《きつもん》された。

その頃はまだ無頼への憧れを捨て切れていなかったので、善吉ははじめ「俺が何者だって構わねえじゃねえか。店賃さえ払えば」などと嘯《うそぶ》いていた。

しかし「大家ってのは店子《たなこ》の親みたいなもんなんだ。どこのどいつか分からない奴を住まわせるわけにはいかないんだよ」とおかみさんに唾《つば》を飛ばされ、なるほどそういうものなのかと本所のとある商店の倅《せがれ》であることを明かした。家を出た経緯《いきさつ》まで説明していたらだんだん胸が塞《ふさ》がってきて、「で、店の手代に……」と言葉に詰《つ》まっていたところ、おかみさんは気を使ったのかそれとも面倒《めんどう》になったのか「つまり、あんたは勘当されたんだね」と勝手に結論づけた。

このおかみさん、人は悪くないが少々干渉《かんしょう》が過ぎる。善吉が長屋に籠っていると、「人間、人の目がないと悪さをしたくなるっていうよ。外に出てどっかで油でも売ってきな、しっしっ」と追い出しにかかる。仕方なく善吉は一日一度は長屋を出て、根津権現《ごんげん》をお詣《まい》りしたり不忍池《しのばずのいけ》の周りを散歩するようになった。

今日は天気がいいから湯島聖堂《ゆしませいどう》まで足を延ばした。道中の起伏《きふく》の激しさには辟易《へきえき》したものの、歩いているうち身体が温まって息とともに気分も弾《はず》んだ。年長者の小言《こごと》には耳を貸すものだと、厳《おごそ》かな瓦屋根《かわらやね》とその後ろの青空を眺めてせいせいした。

帰り道、湯島天神《てんじん》の門前町《もんぜんまち》を歩いていると、ぜんざい売りの看板が目に入ったので、善吉は慌てて道を変えた。

外を歩くとき、善吉はなるべく表店《おもてだな》を覗かないようにしている。菓子屋が目に入ると動悸《どうき》がして、脚気《かっけ》かと思うほど身体がだるくなってしまうのだ。舟木屋のような上菓子屋《じょうがしや》だけでなく、甘味屋《かんみや》であれば屋台や担《かつ》ぎ売りもすべて善吉の胸を騒がせる。

家を出てからの半月、善吉は一度も甘い物を食べていない。砂糖の甘味《あまみ》を舌の上に呼び覚ますと唾がわくが、同時に辰三の顔が頭に浮かんでやるせない気分になる。菓子のことは頭から追い払うようにして過ごしている。

早足で歩き、ようやく棟割長屋にたどり着こうというとき、甘い匂いが鼻をついた。前から飴《あめ》の担ぎ売りがやって来ている。善吉はくるりと後ろを向いてもと来た道を戻った。

気がつくと天野屋の前に差し掛かっていた。もう家に瀬戸物は揃っているが、飴売りから逃れるために善吉は店に入った。

積み上げられた瀬戸物の奥に、四十がらみの店主が座っている。善吉の姿を認めると、さすがに顔を覚えたのか小さく頭を下げる。売り物と同じく品の好い顔立ちをしているが、商売人とは思えないほど陰気な男である。

善吉は床《ゆか》に膝をついて丼鉢《どんぶりばち》など手に取って眇《すが》めてみる。買う気がなくとも見ているだけで愉快になる。そういえば火鉢をまだ買っていなかったと店の奥の棚に首を伸ばすと、前来たときには気づかなかった洒落《しゃれ》た雰囲気の大皿が目についた。独り身にはちと大き過ぎるが、渦巻《うずま》きのような、あるいは貝殻が何枚も重なったような絵柄が面白く、善吉は皿を掲《かか》げて店主に問うた。

「これ、渦巻きですかい」

「──」店主は暗い目で大皿と善吉を見詰め、「渦巻きじゃなくて、馬の目ですよ」と吐き捨てるように言った。

「へぇ、これが馬の目？　俺ぁ馬の顔なんざ近くで見たことねえけど、馬ってこんなふうに目を回すものなんで？」

「──」

店主は手元の帳面《ちょうめん》に目を移し、何も返事をしなかった。

なんと無愛想《ぶあいそう》な店主かと善吉は呆れ返った。この男はいつもこんな態度なのだ。初めて来た日は一見客《いちげん》だし湯呑しか買わないからだろうと気に掛けずにいたが、一通りの物を揃えた上でさらにこうして店を訪ねているのだから、「旦那《だんな》はどのへんにお住まいで」ぐらいの世間話《せけんばなし》を投げかけてもいいようなものだろう。

この天野屋、けして大きくはないが表通りに店を開いているだけのことはあり、食器だけでなく店構えや売り場のしつらえまですべてが趣味がいい。だけど店全体の雰囲気《ふんいき》はなぜか打ち沈んでいる。

善吉は大皿をもとに戻し店内を見回す。すると彼方此方《かなたこなた》に陰鬱《いんうつ》な影がちらついているのが目についた。まず壁に掛かった一輪挿《ざ》しだ。いつから挿しっぱなしなのか、花や葉の面影《おもかげ》はなく、干からびた茎《くき》の残骸《ざんがい》だけが竹の筒から突き出ている。足元の床板は全体がざらついていて、隅のほうに落ちているあの細いものは鼠《ねずみ》の尻尾《しっぽ》ではなかろうか。そして売り物の食器。手に取りやすいところに並んでいる商品は清潔《せいけつ》だが、奥に重ねてある大鉢はうすく埃《ほこり》をかぶっている。

単に雑多《ざった》というのではなく明らかに荒れているのだ。趣味のいい店を作り上げる腕はあるのに、これほど手を掛けないとはどういうことだろう。極めつけは店主の無愛想さ。

善吉が渋面《しぶづら》で店じゅうを見渡していると、さすがに店主も気になったのか、

「——馬の目皿が気に入ったんで?」と声を掛けてきた。

「あ?　ああ、いい柄だが、ちょっと俺には大き過ぎるな」

「さっきのは八寸ですが、たしか六寸もありました。少々お待ちを」

言葉遣いは丁寧《ていねい》だが、聞いているほうがくさくさするような物憂《ものう》い声である。店主は帳面を置いて腰を浮かし、片膝立てた格好《かっこう》になったところで突如目を剝《む》いた。

野太い声だ。

天井板の隙間から狸《たぬき》が顔でも出しているのかと善吉が近寄ると、店主は「ぬううう……」と、今度は細い悲鳴を喉《のど》から捻《ひね》り出している。身体はぴくりとも動かず、目線も上のほうに据《す》えたままだ。

「あのう……、いったい何が」

「腰が、あいたたた――」片膝立てたまま店主は完全に固まっている。

「腰が痛くて立てないんですか？　どれ、手を貸しましょう。ほら」善吉が手を取ろうとすると、「触るな！」と一喝《いっかつ》された。

「触るなって……、じゃあ帰りますけど、一人で動けますか？」

「――いや、動けない……」

「動けないって、そんな半端な格好のままじゃ余計《よけい》腰に悪いでしょう。でも触るなって言うし、いったいどうしてほしいんです？」

「医者を呼んでくれ」

「医者？　呼ぶのはいいけど、いったい何処《どこ》にいるんで？」

「ううっ！」

空《くう》を見て、地を這《は》うような声で呻《うめ》いている。今までの暗い声とは打って変わった

「ぐぬぬぬぬ……」

店主は顔をしかめて尋常《じんじょう》でない量の脂汗《あぶらあせ》を掻いている。腰の痛みを訴えているが、ひょっとしたら別のところが悪いのではないだろうかと善吉は心配になった。例えば心の臓とか――。

「医者を探してきます」

善吉は通りに飛び出した。目の前で人が死ぬところなど見たくない。誰かに医者の居場所を訊ねたいが、こんなときに限って往来は空《す》いている。並びの商店を覗いても、あいにく誰も表にいなかったり客の相手をしていたりで、狼狽《うろた》えている善吉は質問するきっかけをつかめない。誰か、誰かと焦《あせ》って走っているうち、気付いたら棟割長屋に戻って来ていた。

「おかみさん」

大家宅の障子戸《しょうじど》に向かって声を掛ける。おかみさんが「なんだい」と出てきた。

「そこの瀬戸物屋の主人が、急に動かなくなって、それで、医者を呼んでほしいって」

「ええっ?」

おかみさんはすぐさま長屋を飛び出し、小走りしながらあれこれ訊《き》いてきた。

「動かないって、倒れたのかい？」

「いや、倒れちゃいないです」

「ていうと、立ったまま動かなくなったのかい？」

「いや、立とうとした途中のところで、動かなくなったんです」

「途中で動かなくなって、そのままへたりこんだのかい？」

「いや、へたりこんでもいなくて、立とうとした格好のまま苦しみ出したんです」

「――妙な話だね」

二人はすぐ天野屋に着いた。店主は先刻と同じ、片膝立てた体勢のままぐっしょりと汗に濡《ぬ》れ、しかし白い顔をしていた。

おかみさんは「天野屋さん、しばらくだね」と律義《りちぎ》に挨拶《あいさつ》をし、店主の様子をじっと見た。

「これは、おそらく――」

落ち着いた声で独《ひと》り言《ご》ちると「待ってな」と姿を消し、一寸《ちょっと》もしないうちに鶴《つる》のように痩《や》せた老医師を連れてきた。

「ぎっくり腰ですな」

医師はことも無げに言い、おかみさんは「やっぱり」と頷《うなず》いた。善吉には初めて

耳にする言葉である。呆《ほう》けた顔をしていると、

「何かの拍子《ひょうし》で動けないほど腰が痛くなるんだよ。昔、店子の爺《じい》さんがやったことがある」とおかみさんが説明してくれた。

「そりゃ大変だ。薬でも飲めば治るんで？」善吉が訊くと、

「馬鹿だね、薬なんかじゃ治りゃしないよ」と高笑いする。その脇で老医師が誰に向けてというのでもなく言った。

「ぎっくり腰は安静《あんせい》にしとるしかない。まあ早くて三日、遅くても十日横になってりゃ治るさ」

「そんな、それじゃあ困る」

店主が声を上げた。例の片膝立ちのまま、白い顔を皆のほうに向けている。

「ああ、その格好のままだったね。まだ動けそうにないかい？」おかみさんが訊ねると、

「まだ痛いが……先刻よりは少しいいかもしれない」

おかみさんに指図《さしず》され、善吉は二階に上がって布団《ふとん》を下ろし店のすぐ後ろの畳敷きの部屋に床《とこ》をのべた。上にも奥にも人はおらず、店主は自分と同じ独り身なのだろうか、腰を痛めたのに難儀《なんぎ》なことだ、などと案じた。

店主は多少腰を伸ばせるようになったものの、とても布団までは歩けないと言う。三人で抱え上げようとしたが力の入れ処がわからず全員でふらつき、ひとまず痩せた老医師には退《ひ》いてもらって、おかみさんと善吉とで店主を片膝ついた形のまま引きずるようにして布団に運んだ。運んでいる間、店主は「いたたっ、いたたっ、おい、よせっ」などと乱暴な口を利《き》いていたが、何とか布団に横たえたら大人しくなった。

医師には帰ってもらい、「さて」とおかみさんが布団を見下ろして話し出した。

「今日はもう店じまいするとして、明日からどうするんだい？　しばらく店を閉めるんなら貼り紙でも出しておくかい？」

「いや、店は開ける」

汗でどろどろの顔を歪《ゆが》めながら、店主が思いのほか張りのある声で答えた。

「開けるったって、その身体じゃ店番は無理だよ」

「いや、開ける。火事で焼けたって店は開けるってのが、商売始めたときからの決まりなんだ」

「決まりって、あんた今は一人で店やってるんだろう？　いったい何の決まりごとなんだい」

「――あんたには関係ない」

そこでおかみさんはハッとした顔をし、

「ひょっとして、お勝《かつ》さんとの決まりごとなのかい？」

そう訊くと、店主はおかみさんと反対のほうに首を回して黙りこくった。

しばらく沈黙が流れ、尻の座りが悪くなった善吉はそろそろ帰ることを思いつき、「あの、俺はこれで」と声を発すると、

「そうだ。この人に店番をやってもらえばいいじゃないか」

と、おかみさんが突拍子もないことを言い出した。善吉も店主もぎょっとしておかみさんの顔を見た。

「何言ってるんだ。客に店番をやらせようなんて――」

「そうですよ、いくら俺が暇だからって」

「そう、あんた今いいこと言った。天野屋さん、この人はうちの長屋の店子でね、怪しいもんじゃなくて、本所だか深川《ふかがわ》だかのちゃんとした商店の倅なんですよ。それが頼りないせいか勘当されて、一人でうちに住んでるってわけ。仕事も見つからなくて毎日ぶらぶらしてるんだから、店番やらせるには丁度《ちょうど》いいよ。商店の倅なら商売だって慣れてるだろうしね、なあ善吉っつぁん？」

善吉は当惑した。商店で育ったといえど、自分は作業場で菓子作りしかやってこなかったのだ。それに店番はともかく、この無愛想な男の店で働くなんて真っ平御免《まっぴらごめん》だ。しかし本人を前にそう断るわけにもいかず、まごついていると店主が口を挟んできた。

「いくらあんたにそう言われてもね、店には銭だって置いてあるし、二、三度会っただけの人に任せるわけにゃあ……。だいたい、この若い御仁《ごじん》だって困ってるじゃないか」

幸い店主も乗り気でない様子である。しかしお節介焼《せっかいや》きのおかみさんは引き下がらない。

「布団をこの端《はし》っこに動かせば、寝ていても店の様子がわかるじゃないか」

店から畳部屋への出入り口を指差して、さも名案のように言う。

「ここにあんたが寝ていれば金もごまかせないし、店の話も筒抜《つつぬ》けだろう？　もし客から焼き物のことなんか訊かれて善吉っつぁんが困ったときにゃ、あんたが助け舟を出すことだってできる。これなら問題ないだろう、どうだい？」

「うーむ」

店主は顎《あご》に手をやって何やら考え込んだ。おかみさんはさらに調子づく。

「この善吉っつぁんなら心配ないよ。店賃もずいぶん先まで払っていて、金に困っている様子もない。だいたい、この人は悪いことができるような性分《しょうぶん》じゃありませんよ」

唐突《とうとつ》に自分が褒められ出したので、善吉はとりあえず続きを聞くことにした。

「この人はね、男の独り身のくせに、毎朝、長屋のどの女たちよりも早起きして、飯を炊いて味噌汁作るような人なんですよ。毎日、棒手振りから納豆や豆腐を買い込んで、晩には七輪借りにきて干物《ひもの》を焼いて、酒でも飲むのかと思いきや、どうやらそうでもなくて、夜には井戸端でここの瀬戸物を丁寧《ていねい》に洗ってる。そんなこせこせした人が、盗みなんかやるわきゃありませんよ。ねえ善吉っつぁん？　あんたがもしこの店の釣り銭ちょろまかすようなことしたら、大家のあたしたちが連座して罰受けるんだからね？　わかってるね？」

善吉は顔色を失った。自分がもっとも直視したくない性質をおかみさんに指摘されたからだ。

「そうか――。あんたがそこまで言うなら、何日か店番を頼もうか。お礼はあとで相談させてもらうとして」

忌々《いまいま》しいことに今の言葉で店主はその気になっている。冗談じゃない。こせこせしているから心配ないという理由などで雇われたくはない。

善吉が心中いきり立っていると、「あら、何事？」と女の声が割り込んできた。

店先に風呂敷包みを抱えた女が立っている。善吉はその姿にハッとした。気の強そうなはっきりした眉に、大きくはないが輝きの強い瞳。善吉が思いを寄せていたおきよに似ている――というほどではないが、同じ系譜《けいふ》の顔立ちである。

勝手に頰が赤らむのに閉口しつつ、善吉は、自分はおきよが好きなのでなく、こういった顔立ちが好きなだけかもしれない、と我が身を顧《かえり》みた。

しかし当の女は善吉など眼中にない。店主が布団に寝ているのに気付くやいなや「おとっつぁん、どうしたの？」と奥に駆け込んできた。

店主の娘か――と、善吉は内心で胸を撫《な》で下ろした。赤面しながらも、この女は店主の女房だろうかと頭を巡らせていたからだ。無愛想なくせにこんな若くて綺麗《きれい》な内儀《ないぎ》がいるなんて、なんと羨《うらや》ましいことかと瞬時に妬《ねた》んでもいた。

「おりくちゃん」

大家のおかみさんは布団の脇に座り込んだ娘の背中に手を添え、店主がぎっくり腰になったこと、安静にしていなければならないことを話した。それから、

「この善吉っつぁん――うちの店子だけど、おとっつぁんが良くなるまで店番やっ

てくれることになったよ。だから店のことは心配ないから」と説明した。先刻まで断るつもりだった善吉は、おかみさんの後ろで口元を引き締めて力強く頷いた。

しかし、思いがけず、おりくが抵抗を示した。

「店番ならあたしがやります。おとっつぁんの看病だって、あたし一人で大丈夫《だいじょうぶ》ですから」

「そうはいかないよ。あんた一人じゃ無理だって」

「そうですよ。旦那さんは動くのも大変なんですから、あんた一人じゃ厠《かわや》に連れて行くのも骨でしょう」

善吉は張り切っておかみさんに加勢する。このおりくさん、見たところ十七、八だから店番ぐらいは出来るだろうが、動けない大の大人の看病をするには男手が必要である。

「いいえ。あたし一人でやります。おっかさんがいたら、きっとそうしたでしょうし――」

「おりく、ちょっと黙りな」店主はおりくの言葉を遮《さえぎ》って、おかみさんと善吉のほうに顔を向けた。「では、善吉さんに店番を頼みます。明日《あす》の朝、善吉さんのいい頃合いに店に来てください」

「おとっつぁん、あたしがやるって――」

「おりく、お前はちゃんと寺子屋に行きな。では、善吉さん、よろしくおねげえします」

まだ不満そうなおりくを尻目に、善吉とおかみさんは店を出た。

「よかったよ、あんたが暇で」

話をまとめ上げ、おかみさんは上機嫌で歩いている。

「はあ、まあ何日かの間ですが、人助けしてきます」

善吉は殊勝《しゆしよう》に言い、先刻気になったことを訊ねてみた。

「あの、天野屋さんのお内儀《かみ》さんは――？」

「お勝さんかい。去年亡くなったんだよ。まだ三月《みつき》も経《た》ってない」

「ああ、そうですか……」だから店が荒れているのだろうかと、善吉は商品にかぶった埃を思い出した。

「あ、あと」もう一つ気になったことがある。「あの、娘のおりくさん、寺子屋に行くとか何とか――」

「ああ、そろそろ寺子屋も終える齢《とし》だろうけどね」

「え、あの娘さん、幾つなんで？」

「たしか十二だよ。背が高いからもっと大きく見えるがね」

ええ……。

善吉は意気消沈《いきしょうちん》した。あんなしっかりした顔をしてるのにまだ子供だとは――。

一瞬にして気勢《きせい》が削《そ》がれたが、まあ、たまには暇つぶしもいいかと善吉は気を取り直し、朝の味噌汁にひきわり納豆とご飯をぶち込んだものを掻き込んで早寝した。

三

翌日の朝五つに天野屋に行った。

店に着くと、店主は布団の上に座って朝飯を食べているところだった。「ゆっくりなら動けるようになって」という声は従来通りに暗いものの、ぶっきらぼうな感じはなくなっていた。

布団は店との境目《さかいめ》ぎりぎりのところに移されていて、善吉のいるところから箱膳に載《の》った朝飯が見えた。

お粥《かゆ》に、漬け物、味噌汁が並んでいる。汁の実は豆腐で、きれいに賽《さい》の目に切ってある。善吉は店の瀬戸物に目線を移して、朝飯が終わるのを待った。

やがておりくが食膳《しょくぜん》を片付ける音がすると、店主は布団に横たわりながら店の説明を始めた。

「ご存じの通り、うちの店は大して混みやしません。瀬戸物の値段は商品の裏に紙が貼ってありますし、釣り銭はそこの引出《ひきだし》。わからないことがあったらいつでも声を掛けてください」

それだけ話すと目をつむった。店主がいつも座っていた座布団に善吉が腰を落ち着けると、風呂敷包みを持ったおりくが出てきた。

「行ってまいります」ぺこりと頭を下げるおりくに、

「おとっつぁんのために粥を煮るなんて偉いもんですね」と声を掛けると、

「お粥じゃなくて、ご飯を炊いたつもりなんですけど」

むっとした顔で去って行った。どうやら父親譲りの無愛想だと善吉は嘆息した。

さて、店番である。

舟木屋の店先に立ったことはないので、善吉には初めての経験である。多少は気《き》張《ば》って客を待ち構えたものの、店主の言う通り店は空いていた。たまにその辺のおかみさんが来て小皿や急須を買って行く。

正直、拍子抜《ひようしぬ》けした。これならばラクなものだと楽観しかけたが、店を営《いとな》むのに大変なのは、表より裏のことなのだということは善吉にもわかる。ここは舟木屋のように菓子を作るわけではないが、おそらく窯元《かまもと》に行って食器を選んで買い付けるのだろうから、目利《めき》きでなければならないし、交渉ごともあるだろう。店に商品を並べるときには一つ一つ値を決めねばならないし、在庫の把握《はあく》や、帳簿《ちようぼ》付けもやらなければならない。

ふと辰三の姿が目に浮かんだ。店先や蔵、作業場を飛び回っていた姿である。善吉はしばし腕を組み、やにわに立ち上がって大鉢の埃を手で払った。辰三に倣《なら》っているのか、辰三の影を払っているつもりなのか自分でもわからないが、ともかく身体を動かしたくなった。

店じゅうの埃をざっと落としたところで腹が鳴った。昼飯の時刻である。善吉は長屋に戻って急いで食べてくるつもりだったが、店主のことが気に掛かった。

「あの……昼飯食いにちょっとだけ戻ろうと思うのですが、旦那さんはどうされます？」

奥を覗き込んで訊ねてみると、店主は横たわったまま、

「飯はあるんだが、どうやって食べるかまではおりくは考えてなかったらしい」

と苦笑《にがわら》いした。

店主に断って善吉が台所を見てみると、たしかに朝の飯も味噌汁も残っている。粥と見間違えるくらい柔らかい飯は、お櫃《ひつ》の中で団子《だんご》のようになっていた。

「ああ、こりゃ、雑炊《ぞうすい》にでもするしかないですね」

味噌汁の鍋に飯を落として煮込んだら、なんとか雑炊のようになった。善吉はそれを椀によそい、布団の脇に箱膳を据《す》えた。

「あんたも、よかったらここで食べてください」

店主にそう言われ、病人をひとり置いていくのも人でなしのような気がして、善吉は一緒に雑炊を食べた。飯の出来のまずさと比べると、味噌汁の味はずいぶん良かった。

「女房が死んでから炊事《すいじ》はあたしとおりくで手分けしてやってるんですけどね、普段、飯の水加減はあたしがやってるから、今日は失敗したんでしょう」

店主はそう言って、娘の顔でも思い出しているのか表情を緩《ゆる》めた。微笑《ほほえ》んだ店主の顔を見るのは初めてのことだった。

「――しかし、店を一人でやって、奥のことは娘さんと二人でやるんじゃ大変でし

ょう」善吉が訊ねると、

「店はともかく、飯のことは、二人しかいないんだから外で食ってもいいとあたしは思ってるんですけど、おりくがね、嫌がるもんで」と言う。

「ああ、俺も外の飯は胃もたれがするんで、家で食いたいってのはわかります」

「いや、おりくは、母親がいたころと同じように何でもやりたいんですな」店主は伏目がちに話した。

「あいつの母親――お勝は、三月ほど前に感冒《かんぼう》であっという間に死んじまいました。つい何日か前まで元気に働いてたのが急にいなくなったもんだから、おりくは恐らく、まだお勝の死を受け入れてないんでしょう。お勝は煮込みなんかも自分で手まめに拵えてたもんだから、それでおりくは惣菜屋のお菜《かず》なんかも買わずに、無理して自分でやろうとしてるんですわ」

善吉は気軽に相づちも打てず雑炊の椀に目を落とした。善吉が物心つく前に祖父母は他界し、善吉はまだ身内を喪《うしな》う気持ちを味わったことがない。

「――ま、受け入れていないのはあたしも同じですがね」

善吉が黙っていると、店主はそう呟《つぶや》いて椀を箱膳に戻した。そして「喋《しゃべ》りすぎました。どうぞ忘れてください」と頭を下げ、あいたたたた……と枕に頭を乗せた。

夕刻、おりくが帰って来たのと入れ違いに善吉は店を出た。昨日は店主の女房と見間違えるほどはっきりとしていたおりくの顔は、今はいくぶん子供らしく見えた。

次の日、善吉は家から手拭いを持って来た。そして客がいないとき、すぐ後ろに寝ている店主を起こさないように店じゅうの瀬戸物を拭《ふ》き、ざらついた床も拭いた。枯れ切っていた一輪挿しの枝も捨てた。

店は顕著《けんちょ》に明るくなった。善吉は満足し、さらに小引出の中も整理したりした。

夕刻、おりくが寺子屋から帰ってきた。おりくは風呂敷包みを抱えたまま店の板《いた》間《ま》でふと足を止め、棚から床まで店じゅうを見回し始めた。どうやらすっきり掃除されたことに気付いたらしい、目敏《めざと》い娘め、と善吉がほくそ笑んでいると、おりくは一輪挿しを指差し、「花が！」と叫んだ。

善吉が身を乗り出すと、おりくはなおも一輪挿しを指差したまま、「花がなくなってる！　ここにあった山茶花《さざんか》は？」と問うてくる。

「いや、ここにあったのは枯れ枝で、花はありませんでしたよ」善吉が言うと、

「ここにあったのは山茶花の枝なのよ。おっかさんがまだ元気だったときに活《い》けた

の。おっかさんが居たときと何も変えたくないから、だからそのままにしていたのに――」と泣きべそをかき出した。

「や、そうですか、それは失敬《しっけい》。まだ外にゃ棄《す》てちゃいませんからね、きっと屑箱《くずばこ》にありますよ――ほら、あったあった。これで間違いありゃしませんね」

善吉が大慌てで枯れ枝を取り出すと、おりくはそれを引ったくって一輪挿しに戻した。

そこで「おりく」と奥から厳しい声が飛んだ。店主が今の様子を窺《うかが》っていたらしい。おりくはぴくっと肩を震《ふる》わせる。店主は布団から身を乗り出して、訥々《とつとつ》と話した。

「おりく。いい機会だから言おう。あたしはお前に、おっかさんのことを忘れろとは言わない。でも少しずつ、おっかさんのいない暮らしにも慣れなきゃいけない。あんまりおっかさんに拘《こだわ》って、今みたいに善吉っつぁんにきついこと言うようじゃ、おっかさんだって喜ばねえよ。ちょっとずつ、明日のほうを向いていかにゃあ――」

おりくは父の言葉を最後まで聞かず、二階に駆け上がって行った。善吉は、「なんだか、余計なことしちまって――」と店主に謝り、すっかり塩ったれて店をあとにした。

それ以来、善吉は余計なことは一切するまいと決めた。しかし客の来ない店にただ座っているのも退屈《たいくつ》で、ささくれだった小引出を拭いてみたりする。手拭いに菜《な》種油《たねあぶら》をつけてしつこく磨《みが》いていたら、こっくりとした艶《つや》が出てまるで骨董《こっとう》のようになった。善吉は面白《おもしろ》くなって屑箱も磨き出した。おりくもここまでは目を光らせてこないだろう。

店番も五日目に入ったとき、店主はゆっくりだが一人で歩けるようになった。ただ、座っている姿勢がもっとも患部が痛むそうで、店番に復帰するにはまだ早い。当面、善吉の天野屋通いは続きそうであった。

五日目の夕刻、近所の飯屋のおかみが皿や碗を大量に買いに来て珍しく忙しくなった。善吉が代金を計算している間におりくが帰ってきた。飯屋のおかみが引き揚げて善吉が一息つくと、奥の部屋で店主とおりくが押し問答していた。

「まだ無理だって」

「そろそろいいじゃねえか」

「一人じゃ無理だって」

「なかなか動かせねえし、この寒さだから、身体が強張《こわば》ってきてるんだよ。腰だって、たまにゃあ温めたほうがほぐれるだろうよ」

どうやら店主は湯屋《ゆや》に行きたいようである。余計なことはしないと決めたが、腰が痛くてずっと寝転がってたのが、五日ぶりに湯に浸《つ》かったらさぞ気持ちいいだろうと、善吉はつい口を挟んだ。

「湯屋なら、俺が一緒に行きましょうか？」

二人がハッとこちらを見る。またおりくに嫌がられるかと善吉は首をすくめたが、店主がさも嬉《うれ》しそうに「頼むよ、善吉っつぁん！」と別人のような明るい声を放ったので、そのまま出かけることになった。

三人並んでゆっくり湯屋まで歩き、善吉は店主が湯船に浸かるのに手を添え、背中を流した。

帰り道、店主はいかにも心地《ここち》よさそうに上気《じょうき》した顔で、「いやあ、気持ちよかった。善吉っつぁんがいてくれて助かった」と繰り返した。

店まで送り届けて善吉が去ろうとすると、おりくが追いかけてきて、

「今日はありがとうございます。あと、この前はすいませんでした」

と頭を下げた。

四

善吉が天野屋に通い出してから十日が経った。店主の腰はほとんど治ったが、横になっていたぶん足腰が弱っており、まだ善吉の店番は続いている。

三人での生活に三人ともが慣れ、心の垣根のようなものがだいぶ低くなっていた。店主は快方に向かうとともに陽気になり、おりくは心なしか子供らしくなってきた。言葉数が増え、声も大きくなり、表情は相変わらずむすっとしているものの警戒心が解《と》けたのか、目つきがあどけなくなってきていた。

何より、善吉が奥の家事に手を貸すのを嫌がらなくなったのが大きな変化だった。善吉は早い時期から店で昼飯をいただくようになっていたが、初めて湯屋に行った翌日あたりから晩飯も食べて帰るようになった。店主とおりくの両方に引き留められたからである。

おりくが出来合いの惣菜を買いたがらない点は以前と変わらず、店が退《ひ》けたあと、善吉がきんぴらや煮魚などに腕をふるうようにもなった。

料理中、おりくはよく声を上げる。まだ手が拙《つたな》いのか、おりくはうっかり茹《ゆ》で上がった小松菜を素手で摑んだり、湯気《ゆげ》を浴びたりしてしまう。そのたび、おりくは「あっちっち」と声を上げる。

そんなときのおりくの声は、十二の齢より幼く響く。「あっちっち」と聞こえるたび、善吉は微笑み、次いでちょっとしんみりする。母親の代わりに炊事をしているときに、もっともおりくの子供らしさが際立《きわだ》つ。そのことがなんとも皮肉で、不《ふ》憫《びん》に思えたのだ。

店番そのものは少々退屈だが、善吉は天野屋での毎日に満ち足りていた。何より、出会ったころ陰気さに覆《おお》われていた父娘《おやこ》が、徐々に明るくなってゆくさまを見るのが日々の張りになっていた。自分のような詰《つま》らない人間が、誰かの気晴らしになっているのかもしれないと思うと、誇らしくすらあった。

別に善吉ではなく他の誰がこの店にやって来ても、二人きりで悼《いた》んでいたこの父娘に新しい風のようなものを吹き込むことは出来たのかもしれないが、その誰かがたまたま自分であったことに、善吉の心は安らいだ。

ただ、気持ちが緩んだのか失敗もあった。

店からの帰り、善吉はかりんとう売りに出会った。これまでならすぐ避けるところだが、その日、善吉は黒糖《こくとう》の匂いに惹《ひ》かれた。

舟木屋で使っているのは白砂糖だけで、黒糖の菓子は作っていない。にわかに食欲の湧いた善吉は、かりんとうを買って帰った。

しかし一本食べると、お情けで職人として置いてやると言われたときの屈辱《くつじょく》が甦《よみがえ》り、それ以上は口に出来なかった。残りは大家夫婦にやろうとしたが、思い直して次の日、天野屋に持って行った。おりくの喜ぶ顔が浮かんだからだ。

店主にかりんとうを差し出すと、「うわっ！」と小さく飛びのかれた。

そんなに急に動いたら腰に来るのではと心配になった。案《あん》の定《じょう》、店主は腰をさすりながら、「あたしは甘い物は一切駄目なんだ。見ただけで頭が痛くなっちまう」と善吉を追い払うように手を振った。おりくも、

「おとっつぁんがこんなだから、家ではおっかさんもあたしも菓子は食べなかったの。とにかく甘い匂いがするだけで嫌がるんだから、おっかさんは一切買ってこなかったわ。だからあたしも菓子はほとんど食べたことがないの」と言う。

そうか、と善吉はがっかりしてかりんとうは大家夫婦にやった。家が菓子屋だなんて話すと大騒ぎになりそうなので、うっかり明かさないように気を付けねばと肝《きも》に銘《めい》じた。

店主は毎日半刻《はんとき》ほど、足慣らしに近所に散歩に出るようになった。見た目にはもうどこも悪くないように見える。湯屋にも一人で行っている。

ある日の夕方、店主の散歩中におりくが帰って来た。店を閉め、善吉も晩飯の仕《し》度《たく》を手伝う。

おりくが買ってきた葱が部屋の隅に置いたままになっていた。それを取りに行くと、壁のある物が目に入った。

階段の脇にちょっとした棚が作りつけられていて、そこに小さな位牌《いはい》が置かれているのは気付いていた。しかしよくよく見ると、位牌の横に一寸五分ほどの大きさの丸い石のようなものが三つ並んでいる。善吉はおりくに訊ねた。

「それ、綺麗《きれい》でしょう。おっかさんの箪笥《たんす》から出てきたの」

「へえ──。石ですかね？　ずいぶん変わった色してますが……」

すべすべした丸い石は、一つは鶯色《うぐいすいろ》、一つは薄桃色、一つは黒々とした艶があって、実に珍しく綺麗なものだった。

「ね、おっかさん、こんなものどこで見つけたんだろう。この辺では見かけないから、どこか遠い国からの荷物に混じってやって来たのを拾ったのかもしれないね」

「これが箪笥の中に入ってたんで？」

「そうなの。死んだあと箪笥開けたらそれがあったの。おっかさんは碌《ろく》な着物も持ってなくて、お化粧もしないから紅ひとつなくて、櫛《くし》や簪《かんざし》は粗末《そまつ》なのが一個きりしかなかった。綺麗なものなんて何も持っていないのに、その石だけが大事そうに箪笥の奥に入ってたから、あたしもおとっつぁんも吃驚《びっくり》したわ」

「へえ。それでお位牌にお供《そな》えしてるのかい」

穏やかな顔で母親の話をするおりくに、善吉の胸は温《ぬく》まった。

「そうなの。でもあたし、その石見ると悲しくなっちゃう」

「こんな綺麗な石をかい？」

「だって、あんなに飾り気がなくて、家と店のことばっかりやってたおっかさんだったのに、本当は、そんな綺麗なものが好きだったのよ？　ちっとは綺麗な着物着たり、立派な簪さしたりしたかったんじゃないかと思うと、なんだか可哀想《かわいそう》で――」

そう言っておりくは、洟《はな》をすすってへっついに薪をくべ始めた。善吉は黙って、味噌汁に入れる葱を刻んだ。

おりくが居ないとき、店主とも石の話になった。

「――そうですか、おりくがそんなことを」

店主は首を垂《た》れて、やはり洟《はな》をすすって話し出した。

「おりくの言う通り、お勝は働き者で、何の贅沢もしない女でした。お勝の父親が尾張《おわり》の国の出だったこともあって二人で瀬戸物屋を始めたんですが、はじめは裏長屋の小さな店でね。でもお勝が、とにかく休みなく働いて店を大きくするんだって言って、あたしのお古の継《つ》ぎだらけの着物を直したのを着て、贅沢なんか何もしなくて、それでも、奥のことも店のこともそりゃ生き生きとやってたんです。それが呆気《あっけ》なく死んじまって、箪笥からあんな綺麗な石が出てきて、ああ、こんなちっぽけなもん見て心を慰《なぐさ》めてたのかなって考えると、何だかいじらしくて——」

ぼそぼそと喋る店主の声が震え出して、善吉はうっかりもらい泣きしそうになった。

それ以来、奥に入るたび善吉は位牌と石に手を合わせるようになった。

その後、店主の具合もすっかり良くなり、しかし長時間座っているのも本人に不安があるらしく、善吉は三日に一回ぐらいの割合いで店を手伝いに行くことで話がまとまった。

次に店に来るのは三日後ということになり、善吉は、位牌に向かって「毎日の通いは終《しま》いになりました」と心の中で挨拶をした。そして、位牌の横に並んだ三つの石をあらためて眺めて、長屋に帰った。

五

久々の二日続きの休みの一日目、善吉は根津から上野のほうまで八百屋《やおや》をいくつか渡り歩いた。

目当ての物はあらかた手に入ったが、季節柄どうしても無理な物もあった。善吉はその晩遅くまで何やら考え込み、「よしっ」と手を叩《たた》いて翌日に備えて眠った。

次の日、善吉は朝からずっと家に籠った。飯や汁を拵えることなく、一日中家の中であれやこれやと忙しく手を動かした。

三日ぶりの店番の日、善吉は、風呂敷包みを抱えて天野屋に行った。

台所でおりくが飯を炊《た》いており、店主は店の棚にハタキを掛けているところだった。寺子屋は休みの日で、普段よりは遅い朝仕度である。

「なんだかしばらくぶりだねえ」

店主もおりくも明るく迎えてくれた。善吉は店の板間でお辞儀《じぎ》をし、

「お内儀さんに、これを供えさせてくだせえ」

と帳場の机の上で風呂敷包みを解いた。

丸い物が三色。鶯色、薄桃色、黒。それぞれが三つずつ並んでいる。

「なんだい？　これは」怪訝《けげん》な顔の店主に、

「お菓子です」善吉は答えた。

げっ、と店主は一歩下がる。おりくは歩み寄って風呂敷の上を覗き込み、

「これ、ひょっとして、あの石と同じ？」

と訊いてきた。

「へえ。実は……」位牌にちらと目をやり、善吉は話し出した。

お勝が大事にしていた石は確かに綺麗なものだが、それぞれが菓子に似ているように善吉には思えた。お勝自身が石に似た菓子があることを知っていたのかはわからないが、もしお勝が亭主に遠慮していただけで菓子が嫌いでないとしたら、お供えすればきっと喜んでくれるだろうと思った——。

「それで、余計なお世話だとは思ったんですが、持って来ちまいましたんで」

「——ううむ……」

店主は顔をしかめて鼻を覆《おお》っている。すると、

「こんなよく似たお菓子、どこで買ってきたの？」

と、おりくが訊ねてきた。

「いや、これは実は俺が作ったんで」

「ええ、善吉っつぁんが？」

これには店主も驚いたようで、鼻を覆った手を外してお菓子に見入った。

「──話していなかったんですが、実は俺が育った家は菓子屋で、子供の頃からずっと菓子を作って来たんです」

話しながら善吉は棚から皿を取って、菓子を一つずつ並べておりくに渡した。おりくはそれを位牌の脇に置いた。

「で、旦那さんが甘い物苦手《にがて》だってんで、これは砂糖をずいぶん少なくして拵えました。別に食べてもらおうってわけじゃなくて、匂いも苦手だってんで──砂糖が少ないぶん日持ちはしないから、売ってるものとは違うんですが」

「すごいわ。これを善吉っつぁんが作ったなんて」おりくは目を輝かせている。

「ねえ、これ、何が入ってるの？　どうやって色を付けたの？」

「黒いのが一番簡単で、ぼた餅です。中がうるち米で、餡子《あんこ》でくるんでます。で、こっちはうぐいす餅。青きな粉をつけて、餡子は中に入ってます。で、最後が、桜餅」

「あら、桜餅って葉っぱが巻いてあるものじゃないの？」

「そうです。でも今は桜の葉の塩漬けが手に入らなくて――。あと、江戸の桜餅は白いんですが、上方《かみがた》のは餅が桜色だって話を聞いたことがあって、それを真似《まね》してみました。小豆《あずき》の煮汁で色をつけたら、ちょうどその石と似た色になったたってわけで」

「へえ、すごい。善吉っつぁんって腕がいいだけじゃなくて頭もいいのね」

善吉は、こそばゆいながらもおりくの褒め言葉を素直に受け取った。たしかにこれは、舟木屋ではついぞ発揮《はっき》することのなかった、善吉にとって初めての創意工夫であった。

「食べてみようよ」

おりくが風呂敷に残っている菓子の中から桜餅を手に取った。それを一口食べ、「へえ、美味《おい》しい！　甘さはあるけどべたべたしてなくて、いくらでも食べられそう」と、次いでぼた餅にも手を伸ばす。

その様子を見て、店主もうぐいす餅を恐る恐る手に取った。

「旦那さん、無理しないで――」善吉の静止を無視し、店主はうぐいす餅をほんの少し齧《かじ》った。まるで酸《す》っぱいものを食べたように口をすぼめている。そしてしばらく口を動かした後、

「ん、たしかに、これならば、食べられなくもない……」と言って喉仏《のどぼとけ》を上下させた。

「いいですよ、無理して褒めなくて」

善吉がそう言うと、店主は苦笑いして目尻に涙をにじませた。泣くほど甘味《かんみ》が苦手なのかと呆れていると、店主は咳払いしてから喋り出した。

「それにしても、これはお勝に食べさせてやりたかった——いや、これじゃなくても、俺のせいで我慢なんかさせないで、何処《どこ》の菓子でも生きているうちに食べさせてやればよかった。菓子に似てるからこの石を大事にしてたのかもしれないと思うと、ますますあいつが不憫になっちまう——」

店主が声を詰まらすのを見て、善吉は慌てた。また余計なことをしてしまったと、残りの菓子を風呂敷で隠そうとしたところを、おりくが手で制した。

「ねえ、おとっつぁん。おっかさんがこの石が綺麗だから大事にしてたのか、お菓子に似てたからなのかは、いくら考えても、もう分からないことだよ」

毅然《きぜん》と話す娘を、店主は顔を上げて見る。

「あたしは、ただ綺麗だからってのより、菓子に似てるから大事にしまってたって話のほうが、いいと思う。だって、それだけおっかさんが食い意地《いじ》張ってたってことでしょう？　綺麗なものに憧れてたより、実はがっついてましたってほうが、何だか面白いじゃない。料理上手なおっかさんらしいし」

おりくがそう言うと、店主は目を細めた。

「そうだな、あいつはしっかり者だったけど、意外と食い意地は張ってたのかもしれねえな」

位牌の方を見て、二人とも笑った。

「それにしても善吉っつぁん、こんな菓子が作れるのに、なんでうちの店番なんかやってるの？」

急に話の矛先《ほこさき》が善吉に向いた。

「そうだな。そういや以前、大家さんがあんたのこと、勘当されたとか何とか――」

「ま、勘当とはちょっと違うんですが、まあ似たようなもんで」

善吉は冷や汗を掻いてきた。

「どうして勘当なんてされたの。こんなに美味しいのに」「そうだよ、このあたしでも一口食べられたのに」

いや、あんたらは菓子を食べ慣れてないからそんなふうに褒めるけど――と善吉は父娘を横目で見やった。「とにかく、家からは不用だって言われたんで」

「じゃあ、新しく菓子屋を始めればいいのに」

おりくが無邪気な提案をする。善吉はいよいよ脇の下に汗を滲ませた。

実は、おりくに言われずとも、善吉は菓子屋を開けないかと無謀《むぼう》な願いを抱いていたのである。久しぶりに菓子を作って、善吉の指先は悦《よろこ》びに震えていた。ああ、俺はやっぱり菓子作りが好きだと、心から思えた。いっそ舟木屋に戻って職人としてへばりついて行こうとも考えたが、その後の暮らしを想像するとやはり気が塞ぐ。

もし、あの富籤の当たりが三十両じゃなくて千両だったら、菓子屋だって開けるのに――と、善吉はまた富籤に行こうとすら考えた。舟木屋のやり方に縛られない、気楽な菓子作りはそれくらい楽しかったのだ。

そんな善吉の胸の内を見透かしたかのように、おりくが言った。

「菓子屋ったってさ、屋台だって、担ぎ売りだっていいじゃない」

「え、いや、白砂糖使ったこういう餅菓子は、外では売らないもんで……」

「どうして?」

どうしてと問われると、大した答えが浮かばない。黒糖菓子より高級だから。格が違うから――。十二歳のおりくに、こんな詰らない答えはとても通じないだろう。

「どうしてだか、わからねえや」

善吉は鼻の下を指でこすりながら、三十両で屋台を始められるかどうかを、こまごまと算段し始めた。

大《おお》鶉《うずら》

西條奈加

見事な枝ぶりの松に混じり、ひときわ大きな椎《しい》の木が、塀の上からにょっきりと突き出している。

仰いだ治兵衛《じへえ》は、思わず目を細めた。

岡本《おかもと》家の屋敷は本郷《ほんごう》にある。治兵衛は十《とお》になるまで、ここで育った。そこここに幼い記憶がついてまわり、ことにこの椎の木には懐かしい思い出がある。

あれからもう、五十年以上も経ってしまったのか――。

過ぎた歳月の途方もない長さには呆《あき》れる思いがするが、この屋敷を背景にした古い絵は、折々に頭の中にぽかりと浮かび上がる。そのたびに埃《ほこり》を払い、ほころびを直してやるせいか、少しも色褪《いろあ》せず、すりきれることもなく、鮮やかな色合いを保っていた。

目に映る椎の梢《こずえ》をその絵に重ね合わせ、ゆるゆると昔に浸《ひた》っていたが、

「叔父上《おじうえ》、このようなところでどうなさいました」

男にしては甲高《かんだか》い声に、追憶が途切れた。

「なかなかお見えにならないので、下男を迎えに出したのですが、屋敷の外で足を止めておられるときききましてな、こうしてお迎えに参りました」

小造りで平凡な顔立ちは、子供の頃のままだ。三十半ばを過ぎたというのに貫禄《かんろく》

はいっこうにつかず、歳よりも若く見える。

岡本家の当主、慶栄《よしえ》だった。

長兄の興隆《おきたか》の息子で、治兵衛には甥《おい》にあたる。

本郷までは、麹町《こうじまち》からそう遠くない。菓子屋として一本立ちしてからは、治兵衛も盆暮れの挨拶と、祝事や法事には顔を出すようにしていた。

しかし兄が四年前に身罷《みまか》って、この甥が当主となってから、屋敷を訪ねるたびにどうも居心地が悪い。町人身分となった叔父を侮《あなど》って、粗略《そりゃく》に扱うというならまだ納得もいくのだが、甥の場合はむしろ逆だった。

「ささ、叔父上、皆が待ちかねておりますぞ。叔父上がいらっしゃらないと、おじいさまを偲《しの》ぶ会がはじまりませんからな」

「待ちかねるって……あっしをですかい？」

ぎょっとした拍子《ひょうし》に、つい町人言葉が口をついた。この屋敷の内だけは、治兵衛も口調を改めている。面食らいながらも、用心しいしい甥に言った。

「父上の二十三回忌とはいえ、私なんぞが法事に列するのはおこがましい。いつものように仏壇に供え物をさせていただくだけで、すぐにお暇《いとま》するつもりでおりますが」

「ええ、ええ、寺での法会《ほうえ》には間に合わぬと伺いましたからな、せめて屋敷での集《つど》いにはご一緒していただきたいと……たまには岡本の親類縁者と、好《よしみ》を交わしても悪くはありますまい」

「いや、しかし……」

治兵衛は困り顔で、首の裏に手をやった。なおも固辞しようとしたが、甥もなかなかにしつこい。

「叔父上のためにと、酒も仕出しも気を配りました。皆はすでに広間に会しておりますが、叔父上が来るまではと、箸もつけずに待っております」

親類とはいえ、日頃は一切行き来しない間柄だ。さらに一介の菓子屋の主《あるじ》たる治兵衛に、そうまでする謂《いわ》れはない。冗談だろうと思いつつ、断る術《すべ》もなくなって、治兵衛は仕方なく甥の後について門をくぐった。

家禄《かろく》五百石の岡本家は、治兵衛の父が西の丸のお役目を賜《たまわ》ってから、この屋敷に住まっている。当主の役目によって拝領屋敷が替えられるためしは多いが、父も兄も堅実一方の勤めぶりで、家禄に見合った役目をつつがなく果たしてきた。三代も同じ屋敷に住まうのはその証《あか》しだと、治兵衛はむしろ好ましく思っていた。

大きな欲を出さず、無闇に敵を作らずに、ただ良い仕事をして人生を程良く送る。

別の道をえらんだはずが、気づけば父や兄と同じ生き方を、己もまた望んでいる。治兵衛はこの歳になって、しみじみとそんな思いにかられることがあった。前を行く慶栄も、そうであってほしいものだと願っていたが、甥の場合は少し違うようだ。

玄関を上がり、長廊下を行くあいだも、慶栄は絶えず叔父を気遣う素振《そぶ》りを見せる。面映《おもは》ゆい以上にきまりが悪くてならなかったが、甥が奥の一室の障子をあけたとたん、治兵衛は立ちすくんだ。

南に面した座敷は襖《ふすま》がとり払われて、両側には膳を前にした縁者たちが、ずらりと雁首《がんくび》をそろえていた。老若男女いり混じっているが、大半が武家の姿で行儀よくかしこまっている。三十ほどはあろうか、その顔という顔が、すべてこちらを向いているのである。己がまるで膏《あぶら》を搾《しぼ》られる蝦蟇《がま》になったような、一瞬そんな絵面《えづら》が浮かんだ。

「皆の者、待たせたな。一の客人がお着きになられた故、はじめるといたそうか。ささ、叔父上、どうぞあちらの席へ」

慶栄は、小柄なからだで精一杯胸を張り、当主らしい鷹揚《おうよう》な口ぶりであいた席を示した。しかしその場所を認めると、治兵衛はめまいを起こしそうになった。

いちばん上座にあたる席が、ふたつ並んであいている。ひとつは当然、当主たる慶栄のためであろうが、次の上席にあたるその横に、治兵衛のための席がしつらえられていた。

「いや、その……私は、あのような場所に座る身分じゃ……」

しどろもどろになりながら、治兵衛は必死で断りを入れたが、甥はまるで頓着《とんちやく》せず満面の笑みを向けた。

「何を仰《おつしや》います。本当なら、私よりも上に座して当然のお方だというのに」

甥のひと言に、また全身から汗を吹きそうになった。あきらかに治兵衛の出自を、暗に示した物言いだった。治兵衛の実の親のことは、弟を除けば父と兄と甥、代々の当主だけが知らされて、決して他言《ふぜい》せぬようにと含められてもいるはずだ。

現に座敷にいる他の者たちは、町人風情のこの老人はいったい何者かと問いたげに、訝《いぶか》しげな眼差《まなざ》しを交わし合っている。一張羅《いつちようら》たる紋付《もんつき》の茶羽織《ちやばおり》も、武家屋敷の内ではさぞかし貧相に見えようと、治兵衛は痩《や》せた背中をいっそう小さく丸めた。

これまで治兵衛は、つとめて親類縁者の前に出ることを避けてきた。だから座敷の内のほとんどは見知らぬ顔だが、老いた者の中には見覚えのある顔もある。いずれにせよ、治兵衛が先々代の当主の次男だと知らされてはいるのだろうが、それにしても当主の下へも置かぬふるまいは、あまりにも度が過ぎている。皆は一様に半ばぽかんとして、手を引かれるようにして上座に案内される治兵衛をながめていた。

が、その中にひとつだけ、刺すように痛い視線を感じた。

いちばん下手《しもて》に座すその男は、町人の出立《いでた》ちながら、上等そうな紋付に袴《はかま》もつけている。窺《うかが》うような上目遣いでこちらを見ていた五十がらみのその男が、慇懃《いんぎん》に頭を下げて、治兵衛もあわてて会釈《えしゃく》を返した。

甥はそのやりとりには気づかぬようすで、治兵衛を己の横に座らせると、満足そうな笑顔を向けた。

「叔父上、どうぞごゆるりとなすって。今日はおじいさまの思い出話なぞ、たっぷりときかせて下さいませ」

こんな席で、ゆるりとできるはずもない。

やがて慶栄が音頭をとって、父の二十三回忌のための食事がはじまったが、居心地が悪過ぎて、尻が畳から一寸ばかり浮いているような気がしてならない。

頭を上げることとさえはばかられ、膳にならぶ小ぎれいな料理をながめながら、甥が注《つ》ぐ酒をひたすらちびちびと舐《な》めていた。

「本当は寺での法要には、ぜひとも石海《こっかい》の叔父上にお運びいただきたかったのですが」

父や兄同様、酒はあまり強い方ではないらしい。甥は一、二杯盃《さかずき》を乾《ほ》しただけで、目のまわりを赤く染めているが、舌だけは呑むほどによくまわるようだ。

「前にいっぺんお見かけしましたが、やはり四ッ谷《よ》《や》相典寺《しょうてんじ》の住職ともなると、格が違いますすな。お召しになっていた袈裟《けさ》ときたら、日のもとで見れば目が潰れそうなほどにきらびやかで、あのようなお坊さまに経をあげてもらえれば、岡本家としても大いに面目が上がるというもの。お出でいただけないのは、まことに残念でなりません」

公儀《こうぎ》とも深く関わっている大刹《たいさつ》の住職ともなれば、改まった席では相応の身なりをせねばならない。しかし治兵衛が未《いま》だに五郎《ごろう》と幼名で呼んでいる弟は、実はあのような格好が大嫌いだった。

『あんな派手な身なりなぞ、いまどき旅芸人でもおいそれとはせんわ』

そう告げたときのぶっすりとした顔を思い出し、治兵衛はそっと唇だけで笑った。

「五郎はやはり、今日は顔を出しませんか」

「あいにくと、どうしても外せぬご用があるとのことで……ぜひとも寺での法要で、経を唱《とな》えていただきたかったのですが」

甥は未練がましく下唇を突き出したが、弟にも易々《やすやす》と出向けぬそれなりのわけがある。

岡本家の菩提寺《ぼだいじ》は上野《うえの》にあり、法要は今日の昼前その寺で行われた。

「わしが出向くとなれば、迎える側の方が大事《おおごと》だ。いくら父上の法要とはいえ、よけいな気苦労を強《し》いるのは、こちらとしても面倒極まりないからな。父上も兄上もそのあたりを斟酌《しんしゃく》して、わしを呼ぶことは控えておったというのに……まったくあの甥ときたら、そんな気遣いすらできぬとは」

弟の石海は、兄の前でぶつくさこぼしていた。いくら身内の法事とはいえ、石海が出向くとなると、駕籠《かご》に乗り、供の僧を引き連れての大所帯となる。岡本家の菩提寺たる上野の寺も、迎える仕度に大わらわとなろう。互いの煩雑《はんざつ》さを嫌って、石海はいまの身分となってからは、屋敷の仏前に参るだけに留めていた。

弟の気持ちは、治兵衛にもよくわかる。立場はまるで逆だが、似たような心持ちは治兵衛の中にもあった。いくら親類にあたるとはいえ、望んでこの家を出た者が厚かましく出入りしてはいけないと、絶えず己を戒《いまし》めて、さし障りのないつきあいだけに終始していた。

弟が愚痴《ぐち》たとおり、死んだ父や兄と違って、この甥だけはそのような嗜《たしな》みに欠けるところがある。

決して人より劣るわけではなく、持って生まれたものは、代々の岡本家当主とそう変わらない。しかし慶栄はそれを良しとせず、己の器を恥じていた。

同じ才を受け継いでいるはずが、そうなると天と地ほども開きが出る。

治兵衛の出自や石海の身分にこだわるのは、その裏返しであろう。

「娘御やお孫さんは、息災でらっしゃいますかな」

「え……はい、おかげさまで」

急に娘や孫が話題にのぼり、治兵衛はにわかに緊張した。孫のお君《きみ》はもちろん、娘のお永《えい》すら、一度もこの屋敷に連れてきたことがない。もっと位が低く、貧しい武家であれば、孫を抱いて気楽に来られたかもしれないが、岡本の家はそれなりに格がある。このような家の縁続きだと、娘や孫が勘違いしてはならないと、ことさら遠ざけてきた。

とはいえ娘は奢《おご》りとは無縁な気質《たち》で、孫に至っては堅苦しい暮らしなぞこれっぽっちも望んでいないように見える。杞憂《きゆう》に過ぎなかったかと、内心で苦笑したが、

「次にお訪ねの際は、ぜひ一緒にお連れ下さいませ。縁者というのによそよそし過ぎはしまいかと、心苦しく思うておりました」

慶栄に言われると、逆の心配が頭をもたげた。

「たしかお孫さんは、そろそろお嫁入りの年頃でございましたな」

何故、お君が話題に上るのか。訝しく思いながら、治兵衛は、はあ、と相槌《あいづち》を打った。

「どうです、当家で行儀見習いをさせてみては。縁談にも箔《はく》がつくこと間違いなしですぞ」

武家への行儀見習いは、たしかに町屋の慣習としてよくある話だが、あくまでそこそこの家柄の娘に限る。長屋住まいには縁のない話と、治兵衛は丁重に辞退したが、慶栄は存外しつこく粘《ねば》る。

「いっそ私の方で、相手の殿御《とのご》をお世話させていただくというのは……」

「滅相《めっそう》もない！」

揚句《あげく》にびっくりするようなことを持ち出され、治兵衛は大慌てでさえぎった。

「孫は根っからの町屋の娘で、武家の妻女なぞ務まるはずもありません」

「武家がお嫌なら、物持ちの町人ではいかがです？　昨今は下手《へた》な武家よりもよほど羽振《はぶ》りがようございますからな。札差《ふださし》や大問屋の息子であれば、私の口ききでいくらでも……」

「いや、その話ばかりはどうかご勘弁を。そのう……どうやら孫には、すでに決めた相手がいるようで……」

どう固辞しても埒《らち》があかず、苦し紛れの方便が口をついた。

「おや、どのようなお相手ですかな」

「……私はまだ詳しくは……そのように娘が、孫の母親が申しておりました」

「相手がどのような者か、確かめるまでは気を抜けませんぞ、叔父上。裏長屋住まいの身薄《みうす》の男なぞでしたら、一生苦労するのは目に見えて……」

己もまさしくそうなのだがと、皮肉な気持ちが込み上げたが、反論する気力もない。

幸い、ちょうど慶栄に酌《しやく》をしに来た者が現れて、話は途中で打ち切られた。親族と談笑する甥を横目でながめ、治兵衛はやれやれと息をついた。

お君《きみ》の先行きをいくら考えても、長屋や小店《こだな》の女房しか思いつかない。ああ見えて案外しっかり者だから、きっと亭主の尻を叩《たた》く、おっかないかみさんになるのだろうな――。

頭に浮かべた孫の姿に、ふふ、とひとり笑いをもらしたときだった。

「お邪魔をして、よろしいですかな」

すっかり気を抜いていた、わずかの隙に声をかけられ、治兵衛はとび上がらんばかりに驚いた。

「これは……柑子屋《こうじや》さん」

同じ麹町で、やはり菓子屋を営む柑子屋為右衛門《ためえもん》だった。

「ご無沙汰《ぶさた》しておりました、南星屋《なんぼしや》さん。町内のご同業でありながら、なかなかお目にかかれぬものですな」

同じ町内といっても、麹町は半蔵御門《はんぞうごもん》から四ツ谷御門を抜けた外まで十三丁も長く続いている。治兵衛の営む南星屋は、半ばあたりの六丁目を入った路地にあるが、柑子屋は半蔵御門の真ん前に大きな店を構えていた。

いわば麹町の一等地と呼べる場所だが、店構えに負けぬだけの由緒もあって、柑子屋の先祖は三河《みかわ》の出だった。神君家康《いえやす》公とともに江戸に移り住んだ町人の中に、柑柑子屋の二代目がいたという家柄で、いまの主で九代目を数える。

「そういえば柑子屋さんは、岡本の家とは古いおつきあいでございましたね」

思い出した治兵衛が、為右衛門に言った。

「はい、私の祖父が、こちらの先々代のご当主さまと親しくさせていただいておりました」

「おじいさまのことは、よく覚えておりますよ。おやさしいお人柄で、いつもおいしい菓子を手土産《てみやげ》にたずさえてきてくださる。柑子屋さんがいらっしゃるときくと、私や弟はわくわくしながら待ちかねていたものです」

幼い頃の思い出に、つい頰《ほお》がゆるんだ。

柑子屋為右衛門は、歳は治兵衛より十《とお》ほど若い。その祖父は、二十三回忌を迎える父の邦栄《くにえ》と昵懇《じっこん》にしていたが、たしか治兵衛が七歳の頃に身罷《みまか》った。

次の主の代になると、柑子屋の足はめっきり遠のいたが、邦栄は為右衛門の父親とは馬が合わなかったのかもしれない。治兵衛が菓子屋になりたいと言い出して岡本の家を出たときも、修業先に柑子屋の名前はあがらなかった。

治兵衛が預けられたのは、上野山下の菓子屋だった。この菓子屋は岡本家の菩提寺に出入りしていて、その縁で治兵衛を引き受けてくれたのである。

後になって知ったが、為右衛門の父である八代目は、利にさとい男だった。

盆暮れの挨拶だけは欠かさぬものの、柑子屋には五百石の旗本《はたもと》よりも、もっと大《たい》身《しん》の得意先がいくらでもある。そちらへの出入りに忙しく、自ずと岡本家とは疎遠になったのだろう。だから九代目にあたる為右衛門が、父の法要に出席していると は、治兵衛にとってはまったく意外だった。

「縁者である南星屋さんをさしおいて、おこがましいとは存じますが、本日の御席には私どもの菓子を納めさせていただきました」

「私ひとりでは、とても法事のための菓子なぞこなしようがありません」と、治兵衛は愛想よく言った。「柑子屋さんが、いまでも岡本の家とご縁があるとは喜ばしい限りです。菓子はやはり、『よりみ滝《だき》』ですか」

治兵衛は、柑子屋が看板としている菓子の名をあげた。

ねじった形の新粉餅《しんこもち》を「寄水《よりみ》」といい、飛鳥奈良《あすかなら》の頃に伝わった唐菓子が起源とされる。寄水は白一色だが、よりみ滝はさらに、よもぎで色をつけた緑の餅も使う。白と緑、ふた色の餅をより合わせた、目にもさわやかな上品な菓子だ。

しかし為右衛門は、それを誇るどころか憎々しげに吐き捨てた。

「変わり映えのしない菓子で、お恥ずかしい限りです」

「そのようなことは……よりみ滝は、どんな菓子とならべても見劣りしない、立派な品ではありませんか」

「所詮《しょせん》は、馬鹿のひとつ覚えに過ぎません」

決して謙遜《けんそん》ではないと、その口調と顔つきが物語っている。

面長《おもなが》でのっぺりとした、間延びしたような顔立ちなのに、目だけは蜻蛉《とんぼ》のようによく動く。その目玉が下から上へきょろりと動き、窺うような上目遣いになる。この男の癖だったが、卑屈な内面が露骨に表れるようで、あまり気持ちのよいものではない。

「南星屋さんのように、次から次へと新しい菓子を出すような店には、とうてい太刀打ちができませんよ」

「いや、うちの菓子なぞ、所詮は駄菓子に毛の生えたような代物《しろもの》で……」

「いえいえ、あのような大名商いをなすっているのが何よりの証し」

昼に店をあけ、ほんの一刻《いっとき》ほどで売り切ってしまう。南星屋の繁盛ぶりが、おもしろくないのだろう。舌にたっぷりと皮肉を乗せた口ぶりだった。

「うちもぜひあやかりたいものですが……看板が邪魔をして、人様の菓子を真似るなぞ、とうていできそうもありません」

それまでも十分、座り心地の悪かった畳が、針の筵《むしろ》となった。ちくちくとした棘《とげ》を感じながら、治兵衛はひたすらとまどっていた。

治兵衛の菓子は、若い時分に諸国を巡《めぐ》って見覚えたものだ。自ら明かしている通り、真似と言われれば返す言葉もない。しかし南星屋は、菓子屋の組合にも入れぬような小店である。家族より他に職人もいないから、商う量も限られていて、子供でも買いやすいようにと値を抑えている分、儲《もう》けはわずかなものだ。

柑子屋のような大店《おおだな》とは、そもそも格が違う。目の敵《かたき》どころか相手にもされまいと、治兵衛はそう考えていた。

南星屋は今年で二十二年目を数え、一方の柑子屋も為右衛門の代になってから、すでに十五年は経つだろう。そのあいだ何ら揉《も》めることもなく、互いに一線を画して商売をしてきた。桐箱に入った柑子屋の菓子は、富裕な武家や町人が贈答のために購《あがな》うものだ。対して南星屋の贔屓《ひいき》客は、身分に関わりなく、いずれも身薄の者たちだった。

身代も客層も違うのだ、商売敵というにはあまりに開きがあり過ぎる。しかし少なくとも、為右衛門の目には障るようだ。

何か障りとなるきっかけが、あったのではないだろうか——。

その考えに至ったが、どんなに頭をひねっても、それらしき材は見つからない。その主柑子屋は代々、麴町や四ツ谷界隈《かいわい》の菓子屋の元締めのような立場にある。その主に睨《にら》まれては、商売もやり辛《づら》くなるというものだ。

うまい返しも思いつかず、治兵衛が口ごもっていると、隣にいた甥がくるりとこちらに顔を向けた。酌に来ていた親類の男は、いつのまにか別の席に移ったようだ。

「おお、そういえば、叔父上と柑子屋は、ご近所同士でありましたな。商いものも同じなら、さぞかし話もはずみましょう」

何も知らない甥は、いたって能天気に相好《そうごう》をくずす。

「父上の代には、別の菓子屋を贔屓にしていたようですが、正直、我家に出入りするには、軽過ぎるように思えましてな」

今日のような慶弔《けいちょう》の席ばかりでなく、武家では土産や進物などに菓子折をたずさえる機会も多い。進物にはやはり、暖簾《のれん》の重みが何より大事で、己の代になってから柑子屋を贔屓にするようになったと甥は明かした。

「柑子屋の菓子なら、どこに出しても恥ずかしくない。やはりつき合うなら、そういう店に限りますなあ」

この甥は、どうも見栄や体裁にこだわるきらいがある。それをあからさまに見せられては、あまり良い気持ちはしない。治兵衛のかすかなとまどいを、慶栄はまったく別の意味合いにとったようだ。

「むろん、叔父上のところのように、たとえ小さくとも立派な店も中にはありますが」

まるで見当違いの追従《ついしょう》には、苦笑を浮かべるより仕方ない。その世辞に乗るふりで、為右衛門が揚げ足をとった。

「まったく、そのとおりにございます。南星屋さんの商売上手には、私どもなぞとても敵《かな》いません。どうにかあやかりたいものだと、いまも話しておりました」

職人が何より誇りたいのは、その腕だ。商いぶりばかりを褒《ほ》められて、嬉しいはずもない。為右衛門はそれを承知で口にしているのだろう。しかし慶栄はそれすら気づかず、叔父を褒めそやす種が見つかったとばかりに、大喜びでとびついた。

「そうであろう、そうであろう。この叔父上は、数ある親類縁者の中でもとりわけ優れていらっしゃる。やはりお血筋であろうかの」

「お血筋……でございますか?」

為右衛門がきき咎《とが》め、治兵衛の肝《きも》がひやりと冷えた。探るような上目遣いが、じっとこちらを窺っている。どうにか話の筋を変えようと、治兵衛は必死でとり繕《つくろ》った。

「この家で生まれたとはいえ、いまは小店の主に過ぎません。五十年も経つならなおさら、いまさら血筋も何もありません」

治兵衛の実の親が誰かは、当主以外には固く秘され、妻や庶子にさえも明かされてはいない。己の失言に、慶栄もようやく気づいたようだ。

「岡本の家を出られて、もう五十年とは……それでは町人暮らしに馴染《なじ》むのも無理はございませんなあ」

あわてて治兵衛に話を合わせる。

柑子屋為右衛門の疑り深い眼差しは、治兵衛の横顔に張りついたまま、長く離れなかった。

「ここいら辺は、昔とまるで変わらないな」

裏庭を歩きながら、治兵衛はほっと息をついた。

柑子屋が下座の席に戻ってからも、甥の過ぎた接待はなりを潜《ひそ》めず、治兵衛を心底くたびれさせた。厠《かわや》を理由に席を抜け、縁先にあった下駄《げた》を拝借して庭に下りた。

客のいる広間は南に面して、凝った造りの大きな庭が広がっている。治兵衛はそこから屋敷の西側に抜けた。表門や玄関は造作の新しいところもあったが、物置や納戸《なんど》が並ぶ裏手は昔のままだ。この西側にも狭い庭が細長く伸びていて、治兵衛は勝手知ったるようすで歩を進めた。裏庭の突き当たり、屋敷の西北の隅には、大きな木がでんと控えている。治兵衛が先刻、塀の外からながめていた椎の木だった。

幹の上半分に、勝手四方に突き出した枝の多さも、よく茂った葉叢《はむら》も子供の頃のままだ。

「あんな高いところに、よくもまあ登れたものだ」

治兵衛の脳裏によみがえったのは、木の天辺《てっぺん》に近い梢の中からこちらを見下ろしている、弟の姿だった。

「下りてなぞやるものか！　父上があきらめるまで、ここから決して動かぬからな」

葉叢のあいだから顔を出し、下に向かって五郎がどなった。

椎の木の根方では、母親とおつきの姉《ねえ》やがはらはらと上を見上げている。

「五郎、そのようなききわけのないことを言うものではありません」

「坊っちゃま、危のうございます。どうか下りてきて下さいまし」

いったん言い出したら、後には引かない性分だ。ふたりがいくらなだめすかしても、五郎は承知しない。

「やはり権助《ごんすけ》に梯子《はしご》をかけさせて、無理にでも下ろした方が……小平治《こへいじ》、権助を呼びに行ってくれませぬか」

治兵衛の幼名は、小平治という。下男の名を出してこちらをふり返った母に、小平治は首を横にふった。

「あの高さでは、屋敷にある梯子では届きません。それに無理に下ろそうとして五郎が暴れでもしたら、それこそ危のうございます」

「困りましたね……ただでさえ父上は、たいそうご立腹だというのに……」

母の困り顔が、椎の枝と小平治のあいだを行ったり来たりする。

どちらかと言えば動きのとろい小平治とは違って、五郎は幼い頃から駆けっこも木登りも達者だった。五郎が登った椎の木はひときわ高く、いちばん下の枝さえも並の梯子では届きそうにない。

「下りて来ぬというのなら、そのまま捨ておけ」

「父上……」

騒ぎをききつけたのだろう、気がつくと、背中に父が立っていた。日頃から寡黙な方だが、唇がへの字に引き結ばれて、いっそう恐い顔に見える。次男や妻には目もくれず、椎の木へ寄ると、上に向かって声を張り上げた。

「よいか、五郎。その木の上で、じっくりと頭を冷やしておれ。先さまにお詫びに行く気になるまでは、下りて来ずともよいからな」

「あんな奴に詫びるつもりなぞ、毛頭ありません！」

利かん気の強い弟の声が、すぐさま樹上からふってくる。

「ならば一生、下りて来ずともよいわ！」

捨て台詞《ぜりふ》を投げて、父はくるりと踵《きびす》を返した。戻りしな、母にちらりと視線を送る。心得た母がうなずいて、次男の肩に手をかけた。

「父上はこれから、あちらさまへお詫びに伺います。私もお仕度を手伝わねばなりませぬし……しばらくは五郎を構うなと仰せになられたのでしょう」

父の視線の意味を、小声でそのように説いた。

「兄上もそろそろ戻りましょうから、小平治、それまでしづと一緒に、五郎を見ていてくれませぬか」

九つ上の長兄は、すでに役目を得て、城に出仕していた。はい、と返事をして、小平治は両親の背を見送った。

ひとつ下の弟は、このときわずか七歳だったが、すでに手のつけられぬ利かん坊だと評判になっていた。日頃より両親の心痛の種ではあったが、ついに同じ手習所の子供に怪我をさせてしまった。

五郎より三つ年嵩《としかさ》のその相手が、二千石の大身旗本、普請《ふしん》奉行の嫡男《ちやくなん》であったから、知らせをきいた母なぞは卒倒せんばかりに驚いた。相手もまた乱暴者というなら話もわかるが、幼い頃より秀才の誉《ほま》れが高く、誰もが褒めそやすような行儀のよい子供である。

五郎が組み倒した拍子に足をくじいたというから、たいした怪我ではなかったが、相手には何の落度もないのに五郎がいきなり食ってかかったと、一緒にいた子供らが言い立てたものだから、父も頭を抱えざるを得なかった。

せめて心を尽くして詫びを入れねばと、父はすぐに先方に出向こうとしたが、肝《かん》心《じん》の五郎がどうしてもこれをきき入れない。詫びる謂《いわ》れはないの一点張りで、父が怒鳴りつけても母が懸命に説いても、頑《がん》として首を縦にふらない。

癇癪《かんしやく》すらめったに起こさぬ父がついに手を上げたが、頬を打たれても五郎は涙ひとつこぼさなかった。そしてあろうことか椎の木に登ってしまい、あくまで父に抗《あらが》う姿勢を見せたのである。呆れるほどの頑迷《がんめい》さだが、小平治は内心、弟の不屈の精神に舌を巻き、どこかで尊敬の念すら抱いていた。

「坊っちゃま、そろそろお腹がすいたでしょ？　しづが何でもこさえてさしあげますよ」

姉やのしづが、何とか気を引こうと、やさしい声をかける。

「いらん。二、三日、食わずとも死にはせん」

偉そうな声が返ってきたが、夕餉《ゆうげ》が半刻遅くなっただけでも大騒ぎするような、食いしん坊の弟だ。小平治は、思わずぷっと吹き出した。

「はばかりに行きたくなったら、どうするんです。木の上に厠はございませんよ」

「鳥や獣は木の上で用を足す。あれを真似ればいいだけだ。いま試してやるから、しづはそこをどけ」

口だけかと思っていたら、本当に木の上から湯気の立つ水がふってきた。きゃあ、と姉やが叫んで、あわてて木の傍《そば》からとび退《しさ》る。あまりの傍若無人《ぼうじゃくぶじん》ぶりに、小平治も呆れるしかなかった。

五郎が登った椎の木は、高い塀からもしっかりと頭を出している。周囲からも丸見えだろうが、この辺りは武家屋敷ばかりだから、近所の者たちも静観を決め込んでいるのだろう。物見高い町人の多い場所ならば、たちまち見物人が集まっていたかもしれない。

「どうしましょう。五郎坊っちゃまは、いったんつむじを曲げられたら、どうにも動かしようがございませんし」

万策尽きて、しづは泣き出しそうな顔でしゃがみ込んでしまった。

「夜になっても下りて来なかったら……うっかり眠り込んで落ちてしまうやもしれません」

姉やの不安はもっともで、さすがに小平治も心配になってきた。何とか五郎の気持ちをやわらげるものはないものかと、真剣に頭をひねった。

ちょうどそのとき、ひどく場違いなのんびりとした声が、庭の外れからきこえた。

「おんやあ、五郎坊っちゃんは、まあた木登りかね。今日はえらく高いところまで登りなすったな。あそこなら、さぞかし眺めがよかろうなあ」

声の主は、下男の権助だった。決して悪気はなかったのだろうが、たちまちしづが文句を返す。

「権助さんたら、何を呑気《のんき》なことを！　五郎坊っちゃまの一大事なんですよ」

権助はそろそろ四十に届こうかという歳だが、己の半分ほどの歳の娘に叱《しか》られても、きょとんとしている。

権助の頭の天辺の辺りには、大きな傷があった。若い頃に負った怪我なのだそうだが、たぶんそのために多少頭《つむり》の巡りがとろいところがある。しかし素直な気性でよく働く男であったから、下働きとして障りはない。さらに手先も器用で、竹や藁《わら》から遊び道具も作ってくれる。小平治と五郎の兄弟にとっては、大事な遊び仲間のような下男であった。

「そうだ、権助、大鶉《おおうずら》をこさえてくれないか！」

五郎が何よりも好きなものだ。思い出した小平治は、権助に頼み込んだ。

「それは構わねえが……いまからじゃあ、でき上がる頃には夜になっちまうぞ」

「私も一緒に手伝うから。ふたりでやれば、少しは早くできるだろう？」

「けんど、坊っちゃんを台所に入れたら、まあた女子衆《おなごし》に叱られちまう」

事は急を要する。五郎のためなら女中たちも文句は言えまいと、下男を熱心に説得した。

「頼むよ、権助。五郎をあのままにしてはおけない。木から下りる気になるような、とびきりの大鶉を作りたいんだ」

「ならば、五郎坊っちゃんの大っきな目ん玉がとび出るほどの、うんとでっかい鶉にせねばな」

権助が楽しそうに、黄ばんだ歯を見せた。

五郎の大好物は、大鶉と呼ばれる菓子だった。

権助はもともと百姓の倅《せがれ》で、岡本家の知行地《ちぎょうち》であったさる村の生まれだった。若い頃は畑仕事を嫌い、村を出て職を転々としていたようだ。どこも長続きはせず、怪我を負ったのを機に村に戻されたが、菓子作りはどうやらその前に覚えたらしい。

当の権助にきいても、どこで習ったものかこたえられず、作るのもごく簡単な餅菓子や饅頭《まんじゅう》だけだったが、生来の器用さも手伝ってか、下手な菓子屋より味が良かった。

岡本家の幼い兄弟も、権助の作る菓子が大好きで、ことに五郎は大鶉には目がなかった。

餡《あん》の入った餅菓子を、古くは鶉餅《うずらもち》と呼んだ。いわば大福餅の前身だが、大福よりもずっと大ぶりで、鶉に似たふっくらとした形をしている。故に大鶉と呼ばれ、ひとつ食べれば腹一杯になることから、腹太餅《はらぶともち》とも称された。

食いしん坊の弟のために、権助はむっくりと太った大鶉を拵《こしら》えてくれる。五郎は大鶉ときくだけで、よだれを垂らすほどだった。

「小平治さま、こちらにお出でになってはいけないと、あれほど申し上げたはずですよ」

権助の心配どおり、台所に入ったとたん、さっそく年配の女中《じょちゅう》に咎めを受けた。しかし騒ぎの顚末《てんまつ》を女中に語り、己も手伝うつもりだと告げると、女中はさらに目を剝《む》いた。

「それはかりはいけません。岡本の若さまが、あろうことか菓子作りなぞ……傍でながめるだけでしたから、これまでは大目に見てきましたが、さすがに承知しかねます。殿さまや奥方さまに、どんなお叱りを受けることか」

台所から追い出しにかかる女中に、小平治は必死で食い下がった。

「急がないと、五郎が木からころげ落ちてしまう。五郎の首の骨が折れたら、叱られるどころじゃ済まないだろう？」

いささか大げさに言い立てて、あきらめずに女中を説き伏せた。小平治の粘《ねば》り強さに根負けした形で、とうとう昔気質《むかしかたぎ》の女中もかぶとを脱いだ。

「仕方がございませんね。今日だけにして下さいましよ」

五郎のためという言葉に嘘《うそ》はないが、小平治は内心、小躍りせんばかりに嬉しかった。

弟とは違い、小平治は己が食べるよりもむしろ、権助の手さばきの方がずっと興味深かった。権助が菓子を作るときくと、女中にこぼされながらもその横に張りついて、菓子のできるさまを飽きずにながめる。菓子職人になったのには、実はこの下男の影響も大きかった。

「さあ、権助、はじめよう」

小平治は勇んで声をかけ、権助が納戸から運んできた、ふたつの布袋にとびついた。ひとつには小豆《あずき》が、もうひとつには赤い粉が入っている。赤米を臼《うす》で挽《ひ》いたものので、餅にはこの赤米粉を使う。

「まずは餡を作らねばな」

権助はもっさりと告げて、鍋にあけた小豆にひたひたに水を張り、かまどにかけた。

豆はひと晩水に浸すものだが、「小豆は皮が硬いから、たいして水を含まねえ」

と、権助はいつもそのまま火にかけていた。

下男が小豆にかかっているあいだに、小平治は台所の板敷に木の鉢《はち》を据え、赤い米粉を山盛りにした。水を満たした柄杓《ひしゃく》を手に、かまどに張りついている権助にたずねる。

「私が粉をこねてもいいか？」

権助は少し考える顔をして、やはりもっさりとうなずいた。

鉢の前に膝をそろえると、思わず頬がゆるみそうになった。鉢の上で柄杓を傾ける。用心していたつもりだが、わずかの加減でどっと水が落ちた。赤い粉が舞い上がり、粉を土手にして大きな水溜まりができる。茫然《ぼうぜん》と鉢を見詰めて固まっていると、背中でのんびりとした声がした。

「こねねえのか、坊っちゃん」

「水が、多過ぎたのではないかと……」

「どうだかな……こねてみなければわからねえし、水が多ければ粉を増やせばいい」

そうか、と得心して、鉢の中に小さな両手を突っ込んだ。日頃、権助は難なくこなしているのだが、やってみると意外なほどに難しい。いちどきに水を入れたせいか、粉はなかなか水と混じってくれず、混ざると今度はまるで糊《のり》を混ぜた粘土のようにべたべたと手にくっついて餅状になってくれない。

しかし懸命に粉と格闘するうちに、どうにか形になってきた。いつもの三倍もかかったが、権助は一度も口を出さなかった。おそるおそるさし出した鉢の中身を見ても、良いとも悪いとも言わず、ただうなずいただけだったが、小平治にはそれがひどく嬉しかった。

蒸籠《せいろ》に入れて餅を蒸《む》し、鍋に移してから弱火で練りあげる。

「少うし硬めにな、搗《つ》いた餅くらいの加減がいい」

女中は危ないと止めたが、小平治はかまどの前に樽《たる》を据え、その上に乗って鍋をかき混ぜた。木杓子《きじやくし》を二周させただけで汗が吹き上げ、終わる頃にはからだ中の水気がとんで干物になったような気がしたが、これまで味わったことのない深い満足を覚えた。

できた餅を冷まし、権助が拵えた餡を包む頃には、すでに日はとっぷりと暮れていた。

少し前に女中が夕餉の仕度が整ったと告げにきたが、小平治はこれを断って、ひたすら菓子作りに没頭した。

「いくら何でも、坊っちゃん、でか過ぎはしねえか」

弟のために、とりわけ大きく作った餅を、七輪の上にならべる。焼き目がつくと香ばしいにおいがして、小平治の腹がぐうっと鳴った。

「味見しねえのか？　坊っちゃんも腹が減っているんだろう？」

「いまはいい。五郎と一緒に食べるんだ」

「一緒と言っても……おとなしく下りて来なさるかね」

「下りて来ないなら、こっちから行けばいい。そういえば権助、さっき思いついたんだが、五郎はひょっとしたら……」

樽に乗って鍋をかき混ぜながら、もしかしたらと気がついた。下男の耳に口を寄せ、それをこそりと耳打ちする。

「だから権助に、もうひとつ頼みがあるんだ」

若い主に告げられて、下男はぱちぱちと目をしばたたいた。

「あれ、兄上……しづはどうしました」

権助が仕度をするあいだ、小平治は先に裏庭へと走った。おつきの姉やの姿はなく、その代わりに、椎の木から少し離れた物置の傍らに、長兄の興隆《おきたか》の姿があった。

「さすがに精根が尽きたようでな、しばし休ませておる」

「父上と母上は？」

「さきほど屋敷に戻られた。先さまへの詫びは無事に済んで、ひとまず大事はないようだ」

父の邦栄は西の丸にて御納戸役《おなんどやく》――つまりはお世継ぎさまの世話係を務め、本丸に移った現将軍もまた、かつては父が傍仕《そばづか》えをしていた。いくら家格が低くとも、上《うえ》さまの身近にいる者を無下にはできず、さらに留守居役にあいだに入ってもらったおかげで、どうにか事なきを得たようだ。

興隆は父によく似た面差しで、そのように語った。

「ただ、父上は未だにたいそうお怒りでな、あのような意固地者は、ひと晩でもふた晩でも放っておけと仰られてな」と、兄がそっと苦笑する。

父の言いつけで、裏庭への立ち入りを止められた母は、代わりに長兄を寄越したようだ。

仔細《しさい》を呑み込んだ小平治は、権助に耳打ちした己の考えを、兄にも明かした。

「なるほど……それは当たっているかもしれないな」

「だから、私が行って……」

小声で告げると、兄は案じるように眉《まゆ》を曇らせた。

「しかしそれでは、おまえの立つ瀬がないではないか」

「私はもともと木登りなぞ苦手ですから、誰に何を言われても痛くもかゆくもありません」

「さようか」

月はまだ空になく、辺りは暗い。それでも長兄が、うっすらと微笑《ほほえ》んだように見えた。

「それなら小平治、もう半刻ばかり待つがよい」

兄がひとつ知恵を授け、小平治もこれにうなずいた。それから興隆は、ひとりで椎の木の根方に行った。

「五郎、私は明日も出仕せねばならないからな、そろそろ寝所に下がる。おまえもひとまず下りてきてはどうだ？　木の上では、さすがに眠ることはできまい」

いつもなら、布団に入っている刻限だ。五郎は木の上で、居眠りをはじめていたのかもしれない。ほんのしばし間があって、やや眠たげな声がした。

「平気です。私はここでも寝られます」

「眠ったとたん、枝から落ちてしまうぞ」

「帯でからだを結《ゆ》わえましたから、大丈夫です」

驚いたことに五郎は、しごき帯で己の腰を木の幹に括《くく》りつけたようだ。興隆はおかしそうに喉《のど》の奥で笑い、そしてまた、黒いかたまりにしか見えぬ樹上を仰いだ。

「そうか、では私は行くぞ。おやすみ、五郎」

「……おやすみなさい、兄上」

ひとりぼっちにされるのが、本当は心細くてならないのだろう。最後ばかりは意気地も失《う》せて、しょんぼりとした声だった。

「ではな、小平治、後を頼むぞ」

五郎にはあのように言ったが、長兄は寝所に赴《おもむ》くつもりはない。それでも五郎にきこえるよう、足音をことさら大きく立てながら裏庭を出ていった。

小平治は兄のいた物置の壁際にしゃがみ込み、膝を抱えた。本当は、椎の木の下に赴いて、弟に声をかけてやりたかった。しかし兄からは、「いいか、少なくとも半刻は待て」と言われている。音を立てぬよう気をつけて、手に触れた雑草をむしりながら、ひたすら時が過ぎるのを待った。

半刻にはまだ早いが、四半刻は経ったろうか。東の空に月が上った。ふっくらとした月は、雲ひとつない空にぽかりと浮かんでいる。

ぼんやりと見上げていた小平治の耳に、小さな声が届いた。季節外れの虫の音《ね》かと思えたが、くすんくすんと次第に大きくなる。木の上で、五郎が泣いているのだった。

気の強さだけは一人前の弟だ。泣き顔など、思い出すことすらできない。その五郎が心細さに泣いていると知ると、矢も楯《たて》もたまらなくなり、ころげるようにして木の下へと走った。

「五郎、五郎、案じることはない、私がいるぞ」

上に向かって声をかけると、すんすんと続いていた声はぴたりとやんだ。

「あに、うえ、か？」

ひどくしゃがれた声がして、小平治はほっと息をついた。長兄の言った半刻には満たないが、五郎の意固地の殻《から》を剝《は》がすには、もう十分だろう。

小平治は大急ぎで、待たせていた権助のもとへと走った。

「五郎、迎えが遅くなって、すまなかったな」

小平治が笑顔を向けると、葉叢の隙間からさす月明かりの中で、弟の顔がくしゃりとゆがんだ。小平治がまたいだ木の枝よりも、一段高い隣の枝に、五郎は幹を抱えるようにして座っていた。

「兄上ぇ……」

ぼろぼろと涙をこぼす。弟の頭を撫《な》でてやりたいが、ここからでは手が届かない。何気なく下を見て、とたんに枝に乗せた尻の辺りから頭の先まで、ぶるりと胴《どう》震《ぶる》いが出た。よくもこんな高さまで登ってきたものだと、いまさらながら冷や汗が浮く。

梯子《はしご》だけでは到底間に合わない。小平治を肩車した権助が梯子を登り、どうにかいちばん下の枝に手が届いた。どの枝をどう伝って登っていったのか、後になってもどうしても思い出せない。

「兄上、兄上、こっちです」

上からかけられる弟の声だけを頼りに、小平治はただ上を目指した。

己のいる場所を頭から払うように、小平治はことさら大きな声を出した。

「五郎に土産を持ってきたんだ。さぞかし腹がへったろう」

腰に括りつけてきた、風呂敷包みをあけた。つかんだ餅は、まだ温かい。権助が七輪で、炙《あぶ》り直してくれたからだ。ほら、とさし出すが、暗い中で赤茶色の餅は見えぬのだろう。何だろうというように、五郎はじっと目をこらす。

「五郎の好きな、大鶉だ。うんと大きく拵えてきた」

わあっ、と歓声をあげ、受けとった餅にかぶりつく。

「うまい！」とひと声叫び、後はばくりばくりと無言で食らう。

「そんなに急いで食うと、喉に詰まるぞ」

言った傍から餅をつかえさせ、五郎がどんどんと小さな拳《こぶし》で胸を叩き出す。一緒に風呂敷に入れてきた竹筒をあわててわたすと、ごくごくと喉が鳴り、ふうと息をつく。

「こんなうまい大鶉、初めて食べました」

「そうか、うまいか」と、小平治はにこにこした。「実はな、この大鶉は、権助と一緒に私が拵えたんだ」

「ええっ、兄上が？」と、五郎は丸い目をさらに広げ、「そうか、兄上が作った大鶉だから、こんなにうまいんだ」

口のまわりに餡をつけたまま、本当に嬉しそうな笑顔になった。

「そうだ、兄上は大人になったら、菓子屋になるといい」

特大の大鶉を腹に納め、ていねいに指まで舐《な》めると、五郎はぱちんと手を打った。

「私が、菓子屋にか？」

「はい、兄上ならきっと、権助よりも旨《うま》い菓子が作れます」

武家の身で菓子職人になる。八歳の小平治にも、それは途方もない考えだと察しがついた。けれど幸せそうな弟の顔をながめていると、悪くないと思えてくる。

小平治の先行きに、菓子職人という道がうっすらと見えはじめたのは、思えばこのときだった。

「しかし、どうしたら菓子屋になれるのだろう……権助の手伝いでは足りぬだろうし……」

あれこれ思案をはじめたが、ひょいと横を向いてぎくりとなった。幹を抱えた五郎の頭が、かくりかくりと揺れているのである。

「おい、五郎、眠ってはだめだ！」

腹がいっぱいになって、とたんに睡魔に襲われたようだ。あわてて袴から突き出した弟の脛《すね》を叩く。

「あ……兄上……もう、眠うて眠うて……」

ふうっと目をあけたが、いまにも眠りに引きずり込まれそうだ。弟の目が覚めるような話はないだろうか。懸命に考えて、小平治は、あ、と思いついた。

「五郎、おまえ、どうして普請奉行さまの倅に、怪我を負わせたんだ？」

小平治の目論見《もくろみ》は当たり、それまで舟を漕《こ》いでいた五郎がかっきりと目をあけた。

「おまえはたしかに手が早いけれど、わけもなく弱い者を殴ったりしない。もしやあの倅に、何かされたのではないのか？」

「……何かされたのは、私ではありません。同じ手習いに通うせいちゃんが……」

誠太郎《せいたろう》という、仲良しの学友の名を告げた。兄弟はともに五歳から、同じ手習所に通いはじめたが、五郎はあまりの奔放ぶりにいく度も師匠を替わっている。いまの手習所は優秀な門下生が多く、また師匠が厳しいことでも評判であった。普請奉行の倅と誠太郎は、ともに学問に秀でていたが、五郎よりふたつ上の誠太郎は、「十年にひとりの逸材」と、師匠から褒めそやされているという。

「せいちゃんの家は御家人《ごけにん》で、身分が低いくせに生意気だと、目の敵にされてるんだ。あいつは大人の前では行儀よくふるまって、陰では弱い者に辛くあたるのです」

憤懣《ふんまん》やるかたないようすの弟に、小平治はなるほどと得心した。

「今日、手習いから帰るとき、あいつはせいちゃんにわざとぶつかって、大事な素《そ》読《どく》の本を川に落としたんだ」

誠太郎の家はつましい暮らしぶりで、新しい本を買う余裕もない。悄然《しょうぜん》と肩を落とす学友の姿に、ついに堪忍袋の緒が切れて、後先考えず普請奉行の倅に殴《なぐ》りかかった。歳は三つも下だが、五郎はひときわ腕力がある。もやしのような倅はあっさりと倒されて、その折に足をひねったというわけだ。

「だが、五郎、おまえも、それにその場にいたせいちゃんも、何故向こうが悪いと告げなかったんだ?」

「せいちゃんの父上は、普請方の同心なんだ。本当のことを言えば、せいちゃんの父上をお役目から外すと脅されて……」

ああ、と小平治も合点《がてん》がいった。普請奉行は誠太郎の父親の上役にあたる。その気になれば本当に、首を切ることも可能だろう。しかし、どんな理由があるにせよ、怪我をさせたことは悪い。大人はきっとその建前を貫《つらぬ》くだろうが、

「五郎、おまえの行いを、私は誇らしく思うよ」

小平治は、弟にそう言わずにはおれなかった。

「本当におまえは、この大鶉と同じだな」

「私が、大鵜と？」

「おまえは腹太餅みたいに肝が太い。大人になったらきっと、私なぞより立派な者になる」

小平治は心底そう思い、その予言は見事に当たることとなる。

「あれ、兄上……ほら、灯《あか》りが見える」

五郎が下を指さすと、にわかに裏庭が騒がしくなった。いくつもの提灯《ちょうちん》の灯りは、やがて椎の根方に集まって、いく人もの影がわらわらととり囲む気配がする。

「小平治、そこにいるのですか！」

いのいちばんに母の声がして、小平治は即座に応じた。

「はい、母上、ここにおります」

「まあ、おまえまでそんなところに……」

母が絶句して、その隣で、やはり木を仰ぐ父の姿も小さく見える。

「小平治、すぐに下りなさい」

「父上、私は五郎と一緒でなければ下りません」

「相わかった。先さまへの詫びは済んだ。五郎も一緒に下りてきなさい」

あまりに早い応じように、木の上のふたりが、思わず顔を見合わせる。

父があっさりと許しを与えたのには、理由があった。

正門とは真反対の裏庭にいたふたりは気づかなかったが、ちょうど小平治が長兄と話していた頃、岡本家をたずねる者がいた。誠太郎と、その父親である。普請方同心の親子から仔細をきいて、両親も、三男が乱暴をはたらいた理由が呑み込めたようだ。

そして客人が帰ると、頃合を見計らっていた長兄が、小平治も一緒に木の上だと両親に知らせたのだった。

「小平治、五郎、父上のお許しが出たのですから、早《はよ》う下りていらっしゃい」

母の案じる声がして、その後ろには、やはり心配そうな姉やの顔もある。よし、と小平治は腹を決め、ことさら情けない声を、下に向かって張りあげた。

「ですが母上、小平治は下りられません！　どうにか登ってはきましたが、下を見るだけで足がすくみます。五郎はともかく、私はとても下りることなどできません」

「まあ、何ということでしょう」

「たしかに、登るより下りる方が、難しいものなのです」

ふたたび絶句した母に、兄が言葉を添える。

「仕方がない。誰か隣町へ走って、鳶《とび》の親方から長梯子を借りてきなさい」

「父上、梯子だけでなく、鳶人足も頼んだ方が……」

父と長兄が相談する声がして、それから椎の木の根方は急に慌しくなった。

「兄上……あの……」

闇の中で、五郎のか細い声がした。

「申し訳、ありません……」

五郎の詫び言なぞ、ついぞきいたためしがない。兄の気遣いを、弟は正確に察していたのだろう。しかし小平治は、気づかぬふりで言った。

「あやまることなんてない。五郎のおかげで、こんな良いものをながめられた」

「良いもの？」

ほら、と小平治は、五郎の背中を指さした。

眼下には、眠ったように静かな街が広がっていた。家々の屋根瓦《やねがわら》に月の明かりが照り映えて、黒一色の景色を彩る。近くは武家屋敷ばかりだが、おそらく色町なのだろう、遠くには赤い花のように、華やかな色が咲いていた。

この景色のすべてに人の営みがあり、いまは健《すこ》やかな寝息を立てている。

「江戸の街は、美しいな。そう思わないか、五郎」

少しおいて、ひどく神妙な声が、はい、と応じた。

「たいした騒ぎになっちまったが……あのながめばかりは儲けものだったな」

椎の木を仰ぎ、治兵衛は、ふふ、と忍び笑いをもらした。

「思い出し笑いは、歳をとった証しだというぞ」

ふいに背中で、誰より馴染《なじ》んだ声がした。驚いてふり向くと、墨染《すみぞ》めの地味な僧衣姿の弟が立っていた。

「何だ、五郎、来ていたのか」

「父上の仏前に、経のひとつもあげようと思うてな。どうして金襴《きんらん》の袈裟ではないのかと、慶栄はがっかりしていたがな」と、にやりとする。

甥の思う壺には嵌《は》まるまいと、初めからそのつもりでいたのだろう。いくつになっても意固地は相変わらずだと、治兵衛はまた笑った。

「そういえばおれもまだ、こいつを仏前に供えていなかった」

「お、ひとつ御相伴《おしょうばん》に与《あず》かれるのだろうな」

中身を確かめた石海が、目を輝かす。懐《ふところ》からとり出したのは、父もまた好物としていた大鶉だった。

「兄上がなかなか厠から戻らぬと、あたふたと探しておったぞ……血筋だの身なりだの、あやつは虎の威を借る狐《かきつね》そのものだな。あれでは己の内の洞《ほら》を広げるばかりで、いつかぺしゃんこに潰れるぞ」

治兵衛が抱いた甥への不安を、坊主らしい説教口調で言い当てる。

「あいつよりむしろ、柑子屋の旦那の方が……」

「柑子屋というと、同じ麴町の菓子屋か？　そういえば、座敷で見かけたな……あの男がどうかしたのか？」

「いや、たぶん、おれの思い過ごしだ」

治兵衛は己の懸念を打ち消して、いつもの微笑を浮かべ、また梢の辺りに目を向けた。

「おれたちは皺《しわ》だらけだというのに、この椎の木は変わらんな」

「どうも兄上は、いちいち年寄りくさいな」文句をこぼし、「だが、わしにとっても、この木は何より思い出深い」石海は、めずらしくしみじみとした顔をした。

五十年以上の歳月を経て、兄弟が無言で同じ思い出を懐かしむ。しかし胸の内に描いた絵の色は、わずかに異なっているようだ。やがて石海が、口を開いた。

「あのとき兄上は、わかっていたのだろう。兄上ばかりでなく、わしもまた木から下りられなくなっていたと」

　怒りに任せてしゃにむに天辺《てっぺん》を目指した揚句、五郎はいつもよりうんと高く登ってしまった。実は下りられないのではないかと、小平治であった治兵衛は察し、長兄や権助にそう告げた。

「わしの代わりに兄上が、武士の倅にあるまじき泣きごとを口にしてくれた」

「嘘でも何でもねえ。鳶人足に頼むより他に、本当に下りる術《すべ》がなかったんだからな」

　治兵衛はてらいなく応じたが、石海はひどく真面目な顔をした。

「だが、あの恩は、しかと胸に刻んでいた。いつか兄上の大事の折に、必ず返すと心に誓《ちか》った……二年経って、ようやくそれが叶《かな》った」

「二年、というと……」

　おや、と治兵衛は気がついた。

「ひょっとして、五郎……菓子屋になりたいと、おれが父上に明かしたときか」

　石海は何も応えなかったが、ばつの悪そうなその横顔が、すべてを物語っている。

「そうか、だからてめえの身も顧みず、父上に一緒に頭を下げてくれたのか」

五郎はあの後も、頻々《ひんぴん》と同様の騒ぎを起こし、ついに寺に預ける話が持ち上がった。五郎はもちろんきつく拒んでいたが、兄の願いを叶えてくれれば己も寺に入ると、治兵衛の望みを懸命に後押ししてくれた。

「あんな些細《ささい》な恩のために、てめえの生き方を変えるとは……馬鹿なやつだな、五郎は」

「ふん、兄上の言ったとおり、こうして大鶉に成り上がったのだからな。終わり良ければすべて良しだ」

「てめえで腹太を、ひけらかすやつがあるかい」

治兵衛はすんとはなをすすった。

解説

細谷正充

さあ、おやつの時間だよ。――ということで、時代小説アンソロジー『おやつ〈菓子〉時代小説傑作選』のテーマは〝菓子〟である。料理や料理人を題材にした時代小説がジャンルとして定着すると、そこから派生《はせい》する形で和菓子（洋菓子の場合もある）や菓子職人を題材とした作品も増加。今ではこちらも、ひとつのジャンルといっていいほど多数の物語が生まれている。そのような状況を踏まえて、菓子をテーマにしてみた。それでは収録した五作を紹介していこう。

「夢の酒」中島久枝

浅草《あさくさ》の観音様《かんのんさま》の裏手にある菓子屋「川上屋《かわかみや》」は、あまり流行《はや》っていない。主人の正吉《まさきち》は腕のいい職人で、美味《おい》しいあんこを炊《た》く。だが、めったに仕事をしないのだ。しかたなく女房の里《さと》があんこを炊くが、出来がよくない。夫婦の間には、おみち・昇太《しょうた》・勘助《かんすけ》と三人の子供がおり、生活も楽ではない。十一歳のおみちは、ぶらぶらしている父親や、それをあまり気にしていない母親に、やきもきしているのだ。そんなとき、里とおみちが作った、さつまいもを使った簡単な菓子が売れた。しかしそれに正吉が怒るのだった。

ある日、おみちは裁縫の稽古仲間のおきみから、両親が取り返しのつかない過去を持ち、それを抱えて生きていることを聞く。そのようなストーリーに、落語《らくご》の「夢の酒」を織り込んで、物語の味わいを深めているのが、作品のポイントといっていいだろう。

人生は菓子のように甘くない。この一家が、これからどうなるかは分からない。しかし、小さくても確かな幸せに至るのではないか。読み終わって、そんなふうに思った。いい話である。

「如月《きさらぎ》の恋桜《こいざくら》」知野みさき

江戸は深川《ふかがわ》に光太郎《こうたろう》・孝次郎《こうじろう》の兄弟が営《いとな》む「二幸堂《にこうどう》」という菓子屋がある。本作は、その店を舞台にした「深川二幸堂　菓子こよみ」シリーズの一篇だ。兄弟の過去や、孝次郎が奉公していた日本橋にある大店《おおだな》菓子屋「草笛屋《くさぶえや》」との確執《かくしつ》について、詳しく知りたい人はシリーズを手に取ってほしい。また、元吉原《よしわら》の遊女で、今は三味線《しゃみせん》の師匠をしている暁音《あかね》や、本作から「二幸堂」に加わる七《しち》も、重要なレギュラーだ。特に七は愉快なキャラクターで、物語を賑《にぎ》やかにする。この話を読んだだけで、魅力を分かってもらえるだろう。

茶人で粋人《すいじん》の墨竜《ぼくりゅう》が開く茶会で、「二幸堂」と「草笛屋」が菓子勝負をすることになった。しかも菓子作りは素人《しろうと》の光太郎と、「草笛屋」の見習いを競《きそ》わせようというのだ。素人といっても根付の職人だった光太郎の手先は器用。孝次郎の教えを受けて練切《ねりきり》に工夫を重ねて茶会にいどむのだが……。「草笛屋」の卑劣《ひれつ》な行いと暴言に、読者も孝次郎と一緒に怒りが湧くはずだ。それだけに意外な人物の行動に溜飲《りゅういん》が下がる。作者はエンターテインメントのツボを心得ている。だから気持ちよく読むことができるのだ。

「養生《ようじょう》なつめ」篠　綾子

篠綾子は、多数の文庫書き下ろし時代小説のシリーズを抱える人気作家だ。その中に本作が収録されている、「江戸菓子舗《かしほ》　照月堂《しょうげつどう》」シリーズがある。主人公の瀬《せ》尾《お》なつめは、初登場の時点で十五歳。生まれ育った京を離れ、江戸駒込《こまごめ》で尼僧の了然尼《りょうねんに》と暮らしている。了然尼は歌人としても名高い。いろいろと複雑な事情を持つなつめだが、本作の中で簡単に触れられているので、ここで繰り返すのは控えよう。菓子の大好きな彼女は、ある出会いにより駒込千駄木《せんだぎ》坂下町の菓子舗「照月堂」で働きだす。といっても子供の世話だ。女は菓子職人にはなれないのである。それでも菓子職人になりたいなつめは、希望を実現するために、日々を実直に生きていく。

本作は、店の主人の女房が体調を崩し、なつめが滋養《じよう》になる菓子があればいいと考える。そこに主人公の名と同じ読みで、生薬《しょうやく》としても使われている〝棗《なつめ》〟を持ってきたのが、心憎いアイデアだ。まるでこの話を書くことを見越して主人公を、なつめという名前にしたのではないかと思ってしまう。出来上がった菓子の名前もよかった。

そうそう、作者は和歌に造詣《ぞうけい》が深く、幾つもの作品に取り入れている。本シリーズも例外ではなく、さまざまな形で和歌が出てくる。それが物語の彩《いろどり》になっているのだ。本作を気に入った人は、シリーズを手に取って、菓子と和歌を交えた少女の成長を見届けてほしい。

「お供えもの」嶋津 輝

本作は書き下ろしである。作者の嶋津輝は、二〇一六年、第九十六回オール讀物新人賞を「姉といもうと」で受賞して作家デビュー。その受賞作を含む短篇集『スナック墓場』（現『駐車場のねこ』）もよかったが、凄《すご》い作家だと確信したのが二〇二三年の長篇『襷《たすき》がけの二人』である。大正から昭和を背景に、ふたりの女性の人生と絆《きずな》を描いた秀作だ。評価も高く、第百七十回直木賞の候補になった。私はこの作品を読んで、時代小説もいけるのではないかと思った。そして送られてきた本作に目を通し、大いに満足したのである。

主人公の善吉《ぜんきち》は、本所《ほんじょ》の御菓子所「舟木屋《ふなきや》」の長男である。こまごました作業が性《しょう》に合っており、菓子さえ作っていれば満足していた。だが、手代《てだい》の辰三《たつぞう》が善吉の妹と一緒になり、ゆくゆくは店の主人になることになった。店の後継ぎのつもりでいたが現実を知らされた善吉は、当てもなく店を飛び出す。ところが富籤《とみくじ》で三十両が当たり、裏長屋の住人となる。そして、無職の小金持ちになった善吉は、ひょんなことから瀬戸物屋「天野屋《あまのや》」の店番になるのだった。

というストーリーの、どこに菓子が出てくるのかは、読んでのお楽しみ。ふらふらしていた善吉が、「天野屋」の父娘の悲しみを知り、自分のできることをする。それにより菓子を作る喜びを取り戻す。冒頭で善吉が自嘲《じちょう》していた〝こまごました作業が性に合う性格〟を、巧《たく》みに活《い》かしたラストの一行も決まっている。これ一作で終わりにせず、ぜひともシリーズ化してほしい。

「大鶉《おおうずら》」西條奈加

ラストは西條奈加の「南星屋《なんぼしや》」シリーズから採った。武士から転身し、諸国の菓子に通じた治兵衛《じへえ》。菓子に関しては驚異の記憶力を持つ、出戻り娘のお永《えい》。看板娘の孫のお君《きみ》。親子三代（シリーズが進むとメンバーが増える）で営む、麴町《こうじまち》の菓子屋「南星屋」を舞台にした、人情物語だ。なお、治兵衛の出生の秘密や、菓子屋「柑子屋《こうじや》」の為右衛門《ためえもん》に隔意《かくい》を抱かれる理由を知りたい人は、シリーズを読んで確認してほしい。

実家の岡本《おかもと》家の法事に出席したが、自分を持ち上げる当主の態度に辟易《へきえき》する治兵衛。裏庭に出た彼は、幼き日の弟との思い出を回想する。今では高僧の石海《こっかい》として敬《うやま》われる弟だが、小さな頃は後には引かない性格だった。そんな弟が、父親に怒られ、庭の木に登って降りてこなくなった。ここに〝大鶉〟と呼ばれる菓子が登場する。弟を心配して、なんとかしようとする治兵衛の行動。弟が寺に入った理由。ストーリーが進むにつれて、兄弟の絆が浮かび上がる、温かな物語なのだ。また、治兵衛の菓子作りの原点を描いた点も、見逃してはならないだろう。

日本独自の和菓子は、昔から今まで、愛され続けている。近年では外国人にも、和菓子の美味《おい》しさが広く知られるようになり、有名店で各国の客を見かけるようになった。いまやワールド・ワイドになったＷＡＧＡＳＨＩは、時代小説の題材として、これからも増えていくことだろう。だから日本人として、あらためて和菓子に目を向けてほしい。本書に収録した五つの味を通じて、その魅力を知ってほしいのである。

（文芸評論家）

出典

「夢の酒」（中島久枝　書き下ろし）

「如月の恋桜」（知野みさき『深川二幸堂 菓子こよみ』だいわ文庫）

「養生なつめ」（篠 綾子『菊のきせ綿　江戸菓子舗 照月堂』ハルキ文庫）

「お供えもの」（嶋津 輝　書き下ろし）

「大鶉」（西條奈加『まるまるの毬』講談社文庫）

編者紹介
細谷正充（ほそや　まさみつ）
文芸評論家。1963年生まれ。時代小説、ミステリーなどのエンターテインメントを対象に、評論・執筆に携わる。主な著書・編著書に『歴史・時代小説の快楽 読まなきゃ死ねない全100作ガイド』「時代小説傑作選」シリーズなどがある。

著者紹介

中島久枝（なかしま　ひさえ）

1954年、東京都生まれ。学習院大学文学部卒業。2013年、『日乃出が走る 浜風屋菓子話』でポプラ社小説新人賞特別賞、19年、「日本橋牡丹堂 菓子ばなし」「一膳めし屋丸久」で日本歴史時代作家協会賞文庫書き下ろしシリーズ賞を受賞。著書に『しあわせガレット』などがある。

知野みさき（ちの　みさき）

1972年、千葉県生まれ。ミネソタ大学卒業。2012年、『鈴の神さま』でデビュー。同年、『加羅の風』（刊行時に『妖国の剣士』に改題）で第4回角川春樹小説賞を受賞。著書に「町医・栗山庵の弟子日録」「上絵師 律の似面絵帖」「江戸は浅草」「神田職人えにし譚」「深川二幸堂 菓子こよみ」シリーズなどがある。

篠 綾子（しの　あやこ）

埼玉県生まれ。2000年、『春の夜の夢のごとく 新平家公達草紙』で健友館文学賞を受賞し、デビュー。17年、「更紗屋おりん雛形帖」シリーズで歴史時代作家クラブ賞のシリーズ賞、19年、『青山に在り』で日本歴史時代作家協会賞の作品賞を受賞。著書に『藤原道長 王者の月』、「江戸菓子舗 照月堂」シリーズなどがある。

嶋津 輝（しまづ　てる）

1969年、東京都生まれ。2016年、「姉といもうと」でオール讀物新人賞を受賞。23年、『襷がけの二人』で直木賞候補となる。著書に『駐車場のねこ』などがある。

西條奈加（さいじょう　なか）

北海道生まれ。2005年、『金春屋ゴメス』で日本ファンタジーノベル大賞、12年、『涅槃の雪』で中山義秀文学賞、15年、『まるまるの毬』で吉川英治文学新人賞、21年、『心淋し川』で直木賞を受賞。著書に『六つの村を越えて髭をなびかせる者』『睦月童』『四色の藍』『バタン島漂流記』『婿どの相逢席』などがある。

本書は、ＰＨＰ文芸文庫のオリジナル編集です。

本文中、現在は不適切と思われる表現がありますが、差別的な意図を持って書かれたものではないこと、また作品が歴史的時代を舞台としていることなどを鑑み、原文のまま掲載したことをお断りいたします。

PHP文芸文庫　おやつ
〈菓子〉時代小説傑作選

2024年12月19日　第1版第1刷

著　者　中島久枝　知野みさき　篠　綾子　嶋津　輝　西條奈加
編　者　細谷正充
発行者　永田貴之
発行所　株式会社ＰＨＰ研究所
東京本部　〒135-8137 江東区豊洲5-6-52
文化事業部　☎03-3520-9620(編集)
普及部　☎03-3520-9630(販売)
京都本部　〒601-8411 京都市南区西九条北ノ内町11
PHP INTERFACE　https://www.php.co.jp/
組　版　朝日メディアインターナショナル株式会社
印刷所　TOPPANクロレ株式会社
製本所　東京美術紙工協業組合

ISBN978-4-569-90442-9

PHP文芸文庫

とりもの

〈謎〉時代小説傑作選

西條奈加、梶よう子、近藤史恵、浮穴みみ、麻宮好 著／細谷正充 編

江戸で起こった事件の謎を解き、犯人を捕まえるために奔走する同心や岡っ引き、市井の人びとを描いた、時代ミステリーアンソロジー。

時代小説傑作選シリーズ

宮部みゆき他 著／細谷正充 編

あやかし／なぞとき／なさけ
まんぷく／ねこだまり／もののけ
わらべうた／いやし／ふしぎ
はなごよみ／はらぺこ／ぬくもり
おつとめ／なみだあめ／えどめぐり

PHP文芸文庫

睦月童《むつきわらし》

西條奈加　著

「人の罪を映す」目を持った少女と、失敗続きの商家の跡取り息子が、江戸で起こる事件を解決していくが……。感動の時代ファンタジー。

PHP文芸文庫

四色《よしき》の藍《あい》

西條奈加 著

夫を何者かに殺された藍染屋の女将は、同じ事情を抱える女たちと出会い、仇討に挑む。女四人の活躍と心情を気鋭が描く痛快時代小説。

PHP文芸文庫

仇《かたき》持ち

町医・栗山庵の弟子日録（一）

知野みさき　著

兄の復讐のため、江戸に出てきた凜。仇に近づく手段として、凄腕の町医者・千歳の助手となるが——。人情時代小説シリーズ第一弾！

PHP文芸文庫

神隠し

町医・栗山庵の弟子日録（二）

知野みさき　著

男装の少女・佐助が、姿を消した。凜と千歳は捜索の中で佐助の秘められた過去を知る――。登場人物すべて〝わけあり〟の人気時代小説。

PHP文芸文庫

藤原道長 王者の月

篠 綾子 著

「光源氏」のモデルと言われる藤原道長。兄たちや同世代のライバルに引けをとった若き日から貴族社会の頂点へ。その強運の秘密とは。

PHP文芸文庫

蔦屋の息子

耕書堂商売日誌

泉ゆたか 著

二〇二五年大河ドラマで話題！ カリスマ出版人・蔦屋重三郎と彼に弟子入りしたクールな青年・勇助による、江戸のお仕事小説。